Tueur à gages

Je peux à peine me contenir quand je suis avec elle

Mc kenzie

TUEUR À GAGES

First edition. June 10, 2024.

Copyright © 2024 McKenzie.

ISBN: 979-8227344823

Written by McKenzie.

Also by McKenzie

Fais-moi une faveur
Salle 18
Jusqu'au matin
La prochaine fois que je tomberai
Vendu aux Enchères
Allie et Logan, le Milliardaire
Toute la Nuit
Sauver Kassi
Nuit Unique
Prendre l'appât
Tendre psychopathe
Tueur à gages

Elle est magnifique, innocente, avec des allures de déesse. La façon dont elle me regarde me donne envie de vivre une vie complètement différente depuis le début.

Je peux à peine me contenir quand je suis avec elle. Tout ce que je veux, c'est la protéger, la garder en sécurité, et le pire dans tout, c'est que j'ai été envoyé ici pour la tuer.

Chapitre 1

Billie

Une autre journée au paradis. En fait, ce n'est pas vrai. C'est juste un autre jour au purgatoire à la galerie d'art Terry Wolf où je travaille. Le travail est un terme relativement vague. Tout ce que je fais, c'est m'asseoir à la réception en attendant que les gens entrent. Puis, quand ils arrivent, je leur souris, je les accueille et leur demande s'ils souhaitent une visite. Normalement, ce n'est pas le cas, alors je recommence à attendre jusqu'à la fermeture. Certaines personnes pourraient penser que cela semble génial, car vous n'avez vraiment rien à faire, mais en réalité, la plupart du temps, je suis prêt à mourir d'ennui.

Le seul avantage de ce travail est qu'il me donne l'opportunité de travailler sur mon écriture. Je suis un auteur en herbe qui écrit principalement des livres de science-fiction ou de fantasy avec des héroïnes féminines qui ont perdu leurs parents et qui entreprennent des voyages incroyables vers de nouvelles terres magiques pour sauver la situation. Je n'ai pas encore été publié, mais un jour je le ferai.

Mon ordinateur portable est encore en panne ce soir. L'écran s'assombrit pendant que je tape, alors j'essaie mon astuce spéciale : le fermer et l'ouvrir trois fois pour le rallumer.

«Quelle machine de rêve», je soupire. Le livre sur lequel je travaille s'intitule Jenny and the Dark World. Il s'agit d'une orpheline de quinze ans qui se fait aspirer par un portail dans son placard dans un autre monde où il y a toujours des nuages violets en tempête, et une reine au pouvoir pense qu'elle est venue pour la renverser et dit à ses serviteurs de la tuer. Je suis au milieu d'une scène passionnante lorsque j'entends la porte de la galerie s'ouvrir.

«C'est ici qu'il faut», j'entends une voix masculine rire. « Attendez juste de voir les seins de cette jument. Elle va vous donner une raideur qui rendra la marche difficile.

Je ferme mon ordinateur portable et me redresse tandis que trois hommes entrent, tous en costume noir et cravate. Si ce n'était pas une galerie d'art moderne, je pourrais penser que c'étaient des gangsters venus cambrioler les lieux. Mais que voudraient-ils dans une galerie d'art ?

« Vous voyez, les garçons ? » dit le leader évident en s'approchant de moi. Il croque dans une pêche avec une gorgée humide tout en me regardant de haut en bas. "Qu'est-ce que je t'avais dit ? Un bon gros carré d'agneau sur elle, n'est-ce pas ?

"Tu as raison." Un autre hoche la tête, les yeux fermement posés sur mes seins. "Ce sont de vraies mamans trayeuses, comme disent les enfants."

Oh mon Dieu. Je me tortille inconfortablement sur ma chaise. « Je... euh... voudriez-vous une visite, les hommes ?

« Écoute, ma fille », dit leur chef, du jus de pêche coulant sur son menton. « Les garçons et moi dirigeons un club au centre-ville. Nous recherchons des filles. Je ne sais pas ce que vous gagnez ici, mais vous gagnerez beaucoup plus en travaillant pour nous. Et vous ne gaspillerez pas non plus les talents que Dieu vous a donnés.

Les hommes me regardent, me regardant comme si je leur appartenais déjà. Pourquoi ai-je l'impression que ces gars-là n'entendent pas très souvent le mot « non » ?

"Je... euh..." Je peux à peine parler. Mes mains tremblent tellement que je dois les serrer entre mes cuisses. "Non, merci. Mais merci !"

Oh mon Dieu. Je me répète. J'ai l'air tellement stupide en ce moment.

"Allez bébé. Tu serais une star... —

Elle n'est pas intéressée. Une voix inconnue traverse l'air comme le fil d'une lame de rasoir. Je lève les yeux et vois une grande silhouette robuste se tenant derrière les hommes. Comment est-il allé là-bas ? Je n'ai pas entendu la porte.

Il a l'air complètement détendu, mais comme un prédateur détendu prêt à frapper à tout moment, même les mains dans les poches. Il mesure au moins une tête de plus que les autres. Ses larges épaules remplissent un T-shirt de couleur olive qui semble prêt à se déchirer autour de ses muscles tendus et sanglants. Il est terriblement beau, mais il y a une sorte d'obscurité derrière ses yeux marron chocolat. Je peux voir instantanément que c'est un homme qui a vu le monde, vécu des choses que je ne peux qu'imaginer.

Et pourquoi savoir cela me donne-t-il soudainement chaud partout ?

"Qui t'a demandé, mon pote ?" » grogne l'homme-pêcheur, les yeux plissés. "Pourquoi n'irais-tu pas profiter de l'œuvre d'art avant de te blesser ?"

Ce qui se passe ensuite est flou.

Le grand homme s'élance à une vitesse fulgurante. Son bras fend l'air, il y a une gifle mouillée et la pêche heurte le mur. Puis il tient l'homme dans ses bras, le cou entre les mains. J'ai le souffle coupé alors qu'il se retourne et lance un regard noir aux camarades de l'homme, qui n'ont pas encore réagi.

"Faites un geste et je veillerai à ce qu'il respire à travers un tube pour le reste de sa vie."

Mes yeux s'écarquillent et ma mâchoire tombe. La chair de poule éclate sur tout mon corps. Mais au-delà de ça, une chaleur commence à monter entre mes cuisses. Cela ne peut pas arriver. En dix-neuf ans, cela n'est jamais arrivé.

En fait, je suis... excité.

"Maintenant," dit l'homme costaud, la voix tendue et sous contrôle absolu, "je vais le laisser partir et vous deux allez partir. Comprendre ?"

Les deux hommes en costume qui l'accompagnent hochent vigoureusement la tête.

"D'accord !"

"Nous sommes sortis d'ici !"

Mon sauveur libère leur chef, qui tombe à genoux, se tenant le cou, respirant et toussant. À bout de souffle, il se relève en titubant et se précipite vers ses hommes, qui l'aident à transporter la galerie dans la rue. Je suis maintenant seul avec l'homme monstrueux, qui a les yeux directement fixés sur moi.

Mon Dieu. Ils sont hypnotiques et flamboyants avec une intensité féroce que je n'ai jamais vue chez un homme. Cette obscurité est toujours là, mais il y a autre chose que je ne peux pas expliquer. Il y a un bref éclair de peur en moi, mais il disparaît aussi vite qu'un claquement de doigt. Remplacé par quelque chose qui m'attire vers lui, me donne envie de me rapprocher. Mais c'est stupide, non ? Après ce que je viens de le voir faire à cet homme ?

Sa chemise adhère à son corps comme une couche de cire sur une statue. Chaque centimètre de lui que je peux voir est une œuvre d'art. Je le situerais dans la trentaine, et tout chez lui crie que je n'ai pas ma place ici. Ses yeux descendent sur l'intégralité de mon corps, de mes seins à mes hanches, en passant par mes jambes puis remontent jusqu'à mes lèvres, sur lesquelles il s'attarde plusieurs secondes avant de revenir vers mes yeux.

Si un autre homme sur Terre me faisait ça, je me sentirais violé, peut-être même en danger. Mais alors que cet homme se lèche les lèvres et penche la tête sur le côté comme s'il réfléchissait, je ne ressens rien de tout cela. En fait, cette chaleur entre mes jambes se dilate comme un feu grandissant. Je bouge légèrement et je ressens aussi de l'humidité. Ma culotte est mouillée. Il ne fait aucun doute que j'ai peur de cet homme. J'ai vu sa force et je sais de quoi il est capable. Mais quelque chose à ce sujet m'excite. Mon Dieu, est-ce que ça me rend fou ?

"Désolé pour le mouillé." Il grogne.

"Je... excuse-moi ?" Je sais que la galerie est vide, mais je regarde autour de moi pour m'en assurer avant de me pencher. « Comment... comment as-tu su ça ? Je porte un pantalon. Vous... vous ne voyez rien, n'est-ce pas ? Je baisse les yeux et examine ma zone d'entrejambe juste pour être sûr. « As-tu une sorte de sixième sens ou quelque chose comme ça ? Vous ne pouvez pas aimer... sentir quoi que ce soit, n'est-ce pas... ?

«Je parlais de la pêche», l'interrompt-il en désignant la pêche à moitié mangée, désormais posée dans un coin.

"Bien sûr que tu l'étais!" Je renifle, masquant mon embarras par un rire, me détournant alors que je commence à rougir. "Oh mon Dieu... eh bien, je voudrais vous remercier, M...."

"Gage. Appelez-moi Gage.

Bien sûr, il n'aurait pas un nom comme Chris ou Jimmy.

"Gage", je souffle, faisant de mon mieux pour ignorer les battements de mon cœur et la sensation entre mes jambes comme du beurre fondant. «Je m'appelle Billie. Que diriez-vous d'une visite de la galerie, Gage ? Il s'agit de la galerie d'art moderne Terry Wolf qui a été fondée en... qui a été fondée en... »

Au moins cinq secondes s'écoulent et la panique s'installe. J'ai complètement oublié tout ce que je suis censé dire.

« Vingt-treize », proclame Gage. Je fronce les sourcils. La confusion me traverse le crâne comme un brouillard. « Attends, comment tu sais ça ? Est-ce que tu m'as traqué ? Parce que je ne vais pas mentir, le harcèlement est plutôt sexy, mais en même temps... »

La prochaine chose que je sais, c'est que je suis retourné par ses mains fortes, et il montre du doigt le grand panneau d'information derrière moi qui s'accroche. le mur. Il le lisait, et je travaille ici depuis si longtemps que j'ai pratiquement oublié qu'il était là.

"Oh..." Je commence à dire, mais ma langue et mes lèvres cessent de fonctionner alors que la main forte et dangereuse de Gage descend le long de ma hanche et vers l'intérieur, vers mon point crucial intime, ma chaleur, où aucun homme ne m'a touché auparavant. "On dirait que j'en sais plus sur cet endroit que toi, ma chérie."

Chose douce ? Oh mon Dieu, je pourrais m'évanouir maintenant. Je ne l'empêche même pas de passer sa main sur ma cuisse. Qu'est-ce qui ne va pas chez moi? Je peux sentir son souffle sur mon cou, et au lieu de m'éloigner comme je le devrais, j'incline mes hanches vers lui, avide de plus de son contact. Je me perds comme si je venais de tomber dans un rêve ou dans une sorte de fantasme. Mes yeux commencent à se fermer. Est-ce que cela se produit réellement ou suis-je sur le point de me réveiller à mon bureau pour réaliser que je viens d'écrire tout cela sur mon ordinateur portable ?

La voix de Gage me chatouille l'oreille, provoquant la chair de poule sur tout mon corps. "Tu es vraiment mouillée, ma douce. Alors, que préféreriez-vous me montrer ? La galerie? Ou ta pêche juteuse ?

Chapitre 2

Gage

Ça ne peut pas être elle. Ce n'est tout simplement pas possible. Des semaines supposées de recherche sur ce travail et c'est la fille ? Certainement pas. Pas basé sur ce que je viens de voir. Ou ce que je vois maintenant...

Les courbes les plus incroyables et les lèvres les plus séduisantes qui aient jamais orné la Terre. J'ai eu une main sur elle et je meurs d'envie de la déshabiller et d'explorer chaque recoin paradisiaque d'elle. Elle ressemble peut-être à un ange, mais elle réveille le diable en moi. Il est impossible que cette fille soit assez vieille pour acheter son propre alcool, et vu la façon dont elle s'est trompée sur ce que je disais il y a un instant, je parierais de l'argent sur qu'elle n'a jamais été pénétrée auparavant.

Moi aussi, je suis déjà dur comme un roc. L'a-t-elle ressenti lorsqu'elle a repoussé ses hanches contre moi ? Elle a dû le faire.

Elle m'a laissé passer ma main le long de sa hanche, jusqu'à sa cuisse et entre ses jambes sans aucune indication qu'elle voulait que j'arrête. En fait, elle donne toutes les indications qu'elle aime ça. Qu'elle en veut plus. Et moi aussi. Son parfum me fascine et chaque fibre de mon être veut l'emmener avec moi et la faire mienne pour toujours.

Et j'ai été envoyé ici pour la tuer.

C'est mon travail d'assassiner cette fille, de me débarrasser de son corps pour que personne ne la retrouve. Elle finira donc comme une autre personne disparue aux informations, un autre nom à enregistrer et à oublier, parce que c'est ce que je fais. C'est mon travail.

Mais à cause de ce dont je viens de témoigner, je ne suis pas sûr que cela soit encore possible.

Dans mon métier, les femmes sont une distraction. En fait, ils peuvent être dangereux. Je me suis fait un devoir de rester loin d'eux. Parfois, je fais une erreur. Je suis un homme. Mais quand je le fais, je m'assure qu'il n'y a jamais d'émotions impliquées. Certaines personnes peuvent qualifier cela de froid, voire de cruel, mais c'est une question de vie ou de mort dans ce que je fais, et je ne suis pas sur le point de risquer ma concentration mentale pour une femme alors que de toute façon, ça ne marchera pas.

Mais il se passe quelque chose en moi maintenant alors que je tiens cette fille dans mes bras. Bien sûr, il y a la sensation entre mes jambes qui me rend fou, mais il y a quelque chose de plus, quelque chose de démangeaison au fond de mon esprit que je ne peux tout simplement pas repousser. C'est comme si de la musique jouait en arrière-plan lorsque vous essayiez de faire quelque chose. Normalement, vous avez envie d'éteindre la musique et de revenir à ce que vous étiez censé faire, mais ce n'est plus le cas maintenant. Pour le moment, je veux abandonner ce que j'étais censé faire et me concentrer sur elle.

« Alors... voudriez-vous cette tournée, M. Gage ? » Elle me regarde, ses yeux si innocents et si écarquillés. Bon sang, comment peut-elle être si à l'aise avec moi après ce qu'elle vient de me voir faire ? Comment peut-elle me faire confiance ? Très lentement, je la libère. Elle fait un petit pas en avant et se tourne vers moi.

"Juste Gage, ma chérie." Les types que j'ai chassés étaient des connards de premier ordre, mais ils n'avaient pas tort à propos de ses seins. Ils sont absolument magnifiques. Toute cette galerie pourrait être consacrée uniquement à ses seins. "Pas besoin de monsieur."

"Oh pardon." Elle rit à nouveau et ses joues deviennent rouges. «Je peux également vous faire une visite VIP. Ils doivent normalement être programmés à l'avance et doivent être payés. Mais je pense que je peux faire une exception pour toi.

Elle lève en quelque sorte une jambe comme derrière elle et fait un clin d'œil, essayant de faire une pose mignonne de fille de dessin animé, mais elle n'a clairement aucune idée de ce qu'elle fait. Pourtant, pour une raison quelconque, cela fonctionne totalement sur moi. Elle essaie d'être sexy, mais elle ne sait même pas comment, et cela la rend encore plus sexy pour moi. Elle est tellement innocente. Si pure. Intact.

Le sang afflue sur ma bite et je serre le poing pour m'empêcher de la précipiter et de lui arracher ses vêtements. Bon sang, je dois me ressaisir et vite.

J'acquiesce. "D'accord. Faisons-le."

Billie cligne deux fois des yeux, les yeux écarquillés, la bouche grande ouverte. "Faisons-le? Es-tu...?" Elle regarde autour d'elle comme si quelqu'un dans cette galerie vide l'avait entendue. "Êtes-vous sérieux? Il y a des caméras de sécurité ici. Je ne sais pas combien de temps ils conservent les enregistrements ni s'ils les regardent tous les soirs, mais... »

« La tournée, Billie. Je l'interromps. "Tu sais? Je n'ai jamais été VIP, mais ça a l'air amusant.

"Oh, mon Dieu," Cette fois, elle se couvre le visage avec ses mains alors qu'elle rit d'embarras. Bon sang, elle a l'air si adorable. Je ne peux même pas imaginer à quoi elle ressemblerait avec mes neuf pouces enfouis au fond d'elle. « Eh bien, si vous me suivez de cette façon, monsieur. Nous commencerons par notre premier artiste.

Suis-la. Ouais, j'aime cette idée. Cela me permet de balayer du regard les courbes de ses hanches et de ses fesses par derrière pendant qu'elle marche. Ce ne sont pas seulement ses atouts extérieurs qui sont pieux. Elle en a partout. Cette fille est elle-même une véritable œuvre d'art.

« ...qui comme vous pouvez le constater est très friand de la technique du splatter avec un choix de couleurs spécifique destiné à susciter une émotion chez le spectateur. » Je me rends compte que Billie m'a fait un discours sur l'exposition en cours et que j'ai à peine écouté parce que j'étais concentré sur elle.

« Éveille-toi », je répète en tournant mes yeux vers elle. « Difficile d'imaginer être excité par un tableau. D'une personne en revanche.

Billie sourit nerveusement et baisse les yeux, laissant ses cheveux tomber sur son visage, cachant son rougissement.

"Tu es tellement..." Sa voix s'arrête.

"Et alors?"

"Je ne sais pas", dit-elle en tordant ses hanches pulpeuses tout en remontant un pied jusqu'à sa cheville. « Tu fais peur. Mais tu es confiant et plutôt drôle à la fois. Je ne sais pas quoi penser de toi, Gage.

Normalement, ce ne serait qu'une partie de mon plan. Rapprochez-vous de ma cible, gagnez sa confiance, puis éliminez-la. Mais cela n'arrivera pas maintenant. Pas avec Billie.

"Et toi, Billie ?" Ses yeux se tournent vers mon biceps et reviennent vers mon visage. "Ce n'est clairement pas un comportement modèle d'un employé d'une galerie d'art."

Billie rit, visiblement troublée. "Je ne suis pas un employé modèle."

Mais tu pourrais être mannequin. "De toute façon, la plupart du temps, j'écris sur mon ordinateur portable."

"En écrivant ? Vous êtes écrivain ?

"Type de." Elle hausse les épaules.

« Publié ? »

"Un jour. Peut être." Je peux voir l'espoir dans ses yeux quand elle dit cela. Elle le pense vraiment. C'est une fille innocente du quotidien, avec des espoirs et des rêves qui n'ont pas encore été corrompus par le monde. Une fille à qui je n'appartiens pas du tout. Mais je ne peux quand même pas m'empêcher d'être inexorablement attiré par elle.

Mon renflement commence à me faire mal derrière ma fermeture éclair. Je suis absolument sûr qu'elle peut le voir maintenant aussi, même si elle fait du bon travail pour ne pas laisser ses yeux dériver. Mes couilles sont pleines et serrées, et rien que des pensées sales me traversent l'esprit. Je suis un diable. C'est un ange. Tout dans tout cela est faux...

Pourtant, tout cela me donne envie d'elle davantage.

Je sais que je devrais la laisser tranquille. Un homme comme moi pourrait corrompre son innocence, l'entraîner dans les profondeurs de l'enfer où je vis depuis si longtemps...

Mais je sais que ce n'est pas ce que je vais faire.

« Pas un employé modèle ? » Je répète en tendant la main et en prenant une mèche de ses cheveux entre mes doigts. Je le porte à mon nez et inspire profondément. Son parfum est enivrant, comme une drogue. Je ressens des pans entiers de moi-même que j'ai poussés vers le bas depuis si longtemps au réveil. Billie me fait revivre d'une manière dont j'étais sûr de ne plus jamais le faire. "As-tu déjà fait quelque chose de méchant ici à la galerie, ma chérie ?"

"Vilain?" Sa voix tremble. "L-comme quoi?"

"Comme sortir avec un mec?" Je suis presque sûr à cent pour cent de connaître la réponse, mais une partie de moi a toujours peur de sa réponse.

Elle rit à nouveau, mais cette fois c'est doux, comme une brise chaude sur ma joue qui chatouille mes oreilles et descend dans ma poitrine avant de se propager dans le reste de mon corps tout entier. La pureté de cette fille est stupéfiante. Il n'y a absolument aucun moyen qu'elle soit impliquée dans l'organisation. Toutes les informations sur lesquelles mon patron a mis la main et qui disent qu'elle était la cible sont fausses, et c'est une bonne chose que j'ai vu ce qui s'est passé avec ces autres hommes ce soir et que je ne suis pas venu ici en agissant rapidement, sinon cette beauté aurait pu être perdue pour toujours. .

Maintenant, c'est mon travail de m'assurer que personne ne lui fasse de mal. Jamais.

« Sortir avec un gars ici ? Ses joues sont si roses, c'est comme si elle avait eu trop de soleil aujourd'hui. "Je ne me connecte pas vraiment."

Je le savais.

C'est comme si ses paroles avaient du pouvoir sur moi, et je me retrouve soudain à avancer, prenant sa taille avec mes mains et la pressant contre le mur. Ses yeux s'écarquillent alors que j'écrase ma poitrine contre ses magnifiques seins, si doux et si fermes. Un petit halètement s'échappe d'entre ses lèvres charnues et roses, faisant sauter ma bite d'excitation. Je me serre contre elle, lui permettant de ressentir la plénitude de mon excitation.

« Tu ressens ça, ma douce ? Tu ressens ce que tu m'as fait ?

«Mon Dieu», gémit-elle. "Est-ce que c'est... ce que je pense?"

"Qu'est-ce que ce serait d'autre?" Je souris, faisant glisser mes mains dans le bas de son dos, attrapant une pleine poignée de son cul dodu et parfait. Chaque centimètre d'elle est la perfection. Mais ces taquineries me rendent fou. J'ai besoin d'elle maintenant, et ce n'est pas quelque chose que j'ai l'habitude de ressentir. Ma bite pompe, désespérée de la remplir. J'ai besoin qu'elle crie, haletante, crie avec ses seins qui rebondissent pendant que je la frappe par derrière. J'ai besoin qu'elle crie mon nom pendant qu'elle jouit.

Non seulement que. J'ai besoin qu'elle soit enveloppée sous mon bras après et à mes côtés pour tous les jours à venir.

Mon Dieu, d'où vient tout cela ?

Mais je m'en fiche pour le moment. Je me baisse et j'appuie sur le bouton du haut de son pantalon alors que mon désespoir pour elle atteint son point de rupture. Billie halète à nouveau et me serre dans ses bras, me serrant fort comme si elle croyait que je la garderais en sécurité.

Je le ferai, ma douce. Je vais toujours.

Mon pouce et mon index sont sur sa fermeture éclair.

Quand le bruit de l'ouverture de la porte de la galerie brise la scène comme un bébé qui crie au milieu d'une salle de cinéma.

"Oh non!" » Murmure Billie alors qu'elle me lâche rapidement et boutonne son pantalon. « Je dois retourner au bureau ! Que faisons-nous... que devriez-vous... ?

Elle panique. Je pose une main sur son épaule. "Se détendre. Respirer. Tout ira bien. Agissez simplement normalement. Je ferai comme si j'étais ici pour voir l'art et je me laisserai sortir.

Billie me regarde, ferme les yeux un instant, prend une profonde inspiration, puis les ouvre. "Te reverrais-je?"

J'acquiesce. "Absolument."

Chapitre 3

Billie

Mon corps pétille encore depuis la nuit dernière, comme une canette de soda laissée ouverte mais qui n'a pas encore complètement perdu ses bulles. Je veux dire, après ce qui s'est passé, comment pourrais-je espérer revenir à la normale après seulement une nuit de sommeil ? Et ça tombe bien, car c'est encore une journée complètement vide à la galerie. Personne n'est venu de la journée, et en plus, le temps est nuageux dehors, et si je n'avais pas à penser à quoi que ce soit et mon ordinateur portable avec moi, je pense que je deviendrais fou.

En fait, après ma rencontre avec Gage, j'ai commencé à écrire un roman d'amour intitulé Gage My Love for You.

Je n'ai jamais écrit de romance auparavant, mais je n'arrive tout simplement pas à me sortir de la tête ce qui s'est passé, et j'ai toujours utilisé mon écriture comme un moyen de m'exprimer, alors pourquoi ne pas faire de même ici ?

Bien sûr, il y a de fortes chances que je n'aie aucune idée de comment écrire un roman d'amour, et le résultat sera terrible, mais pour le moment, c'est ce que j'ai envie d'écrire, donc c'est ce que je fais. Au début, j'allais juste ajouter Gage dans Jenny et le Monde des Ténèbres et lui demander d'aider Jenny à lutter contre la Reine des Ténèbres, mais Jenny peut gérer les choses toute seule, et Gage mérite son propre livre.

Je suis sur le point de recommencer à écrire lorsque les souvenirs de la nuit dernière me reviennent. Des images de lui se précipitant en avant... saisissant la gorge de cet homme avec ses mains... fixant les deux autres...

Force brute. Une férocité dangereuse qui m'a fait peur même. Pourtant, quand il me tenait dans ses bras, il me tenait si tendrement, avec tant de soin, m'assurant qu'il ne me ferait jamais de mal.

Même maintenant, alors que j'y pense, cette même chaleur commence à se réchauffer entre mes cuisses.

Je prends mon thé, ferme les yeux et bois une gorgée. Calme-toi, Billie. Vous êtes au travail maintenant. Je fais un exercice de respiration que j'ai appris quand j'avais quatorze ans pour m'aider à ralentir mon rythme cardiaque, qui, je me rends compte, est plus élevé qu'il ne devrait l'être. 1...2....3...4...

« Salut, Jane Austen. »

Le son de la voix de Gage me fait sursauter et j'ouvre les yeux pour le voir debout au-dessus de moi. Mais comment est-ce possible ? Je n'ai même pas entendu la porte s'ouvrir. J'entends toujours la porte s'ouvrir.

Mais le voilà, encore plus beau qu'hier soir, si c'est possible d'une manière ou d'une autre.

Il ressemble à un ancien combattant décoré, et même si je sais que tout le monde a des craintes, la façon dont il me regarde maintenant avec ses yeux marron foncé, il est difficile de l'imaginer avoir peur de quoi que ce soit. Sa mâchoire est suffisamment pointue pour couper du verre et ses avant-bras sont si tendus et musclés que je peux voir chaque veine menant à ses mains massives. Cet homme pourrait gérer seul la sécurité de n'importe quel club ou bar.

Mon corps prend vie en un instant. Je rougis et la douce chaleur entre mes jambes se transforme en une chaleur passionnée qui rivalise avec celle que je ressentais la nuit dernière. Je m'assois, cambrant le dos, et tends mes deux bras sur le bureau comme si j'avais vraiment besoin de m'étirer. Bien sûr, je ne l'ai pas fait, mais le besoin soudain de lui montrer mon corps m'a pris le contrôle.

Honnêtement, je ne sais même pas pourquoi un homme comme lui est ici. Il pourrait sortir avec des mannequins avec ces looks. Que veut-il à une fille comme moi ?

"Salut, Jack Reacher." Je souris.

"Jack Reacher?" Pour la première fois, Gage rit légèrement et une sensation floue me traverse le ventre et me donne envie de sauter dans ses bras. « Non, je pourrais botter le cul de Tom Cruise. Qu'est-ce qu'il fait, genre cinq pieds huit pouces ?

Tout cela est trop nouveau pour moi. Un homme qui me fait cet effet. Survivre seule pendant si longtemps m'a fait apprendre à ne faire confiance à personne d'autre qu'à moi-même. Seulement maintenant, je peux sentir cela changer en moi. Et ça fait peur...

Mais aussi assez excitant.

« Quelle est votre taille alors, M. Big Man ? »

"Devine", me défie-t-il.

Je le jauge de la tête aux pieds. "Six heures quatre?"

Il sourit. "Bonne supposition", répond-il en faisant le tour du bureau vers moi. Il est si grand et s'asseoir le fait paraître encore plus grand. Un léger tremblement me parcourt alors qu'il tend la main, prend ma main droite et me relève. « Et maintenant c'est à mon tour de demander. Billie, veux-tu sortir avec moi ?

Le carrefour entre mes jambes est brûlant et mon corps bourdonne d'excitation. Je sais que mon visage est aussi rouge qu'une tomate en ce moment aussi, mais j'ai fini d'essayer de cacher le fait qu'il me fait rougir.

"Un rendez-vous?" Ma voix tremble. «Je-je n'ai jamais eu de rendez-vous auparavant. Quelle heure-?"

"Maintenant, Billie", dit-il sans une seconde d'hésitation. "Tout de suite."

"Maintenant? Mais je-je travaille maintenant. Je regarde la galerie vide autour de moi et réalise à quel point mes protestations semblent stupides. Les lèvres de Gage s'étirent en un sourire, et il glisse sa main jusqu'à mon poignet et m'attire vers lui.

Nos corps se rencontrent, comme deux amants qui dansent.

"Allez, ma chérie. Il n'y a personne ici. Ce ne sera pas la fin du monde si vous enfermez pendant une heure ou deux, n'est-ce pas ?

Je le ressens à nouveau comme je l'ai ressenti la nuit dernière : l'épaisseur de son anatomie masculine se pressant contre le bas de mon ventre. "Eh bien... peut-être pas, je suppose. Mais...

— Alors ne me fais pas attendre, Billie. Les yeux de Gage sont si concentrés et si forts que j'ai l'impression d'être maintenu en place par eux. « Attendre toute la nuit était presque plus que je ne pouvais supporter. »

Pourquoi veux-tu de moi ?

C'est ce que je veux lui demander, mais ma bouche semble être liée par une sorte de superglue invisible, ou aussi sèche que si j'essayais juste d'avaler une tasse de farine. Il y a tellement de choses chez cet homme qui me font peur, et pourtant tout cela m'attire de plus en plus. Et maintenant, j'ai l'impression qu'il m'aime vraiment aussi. Comment puis-je lui dire non ?

Je me déplace maladroitement d'un côté à l'autre. Je n'ai pas seulement chaud là-bas, je suis aussi humide.

J'avale difficilement. « Est-ce que ça doit être maintenant ? Je ne suis pas vraiment habillé pour un rendez-vous.

"Billie, tu pourrais quitter la salle de sport après une séance d'entraînement et être toujours plus belle que n'importe quelle femme vivante."

Ma tête s'embue avec quelque chose de léger, moelleux et doré, et tout mon corps commence à bouillonner et à briller. Je suis sur le point de tomber dans ses bras à deux secondes, et je le ferai certainement s'il répète quelque chose comme ça.

«Je...»

Gage regarde la montre à son poignet puis me revient. « S'il te plaît, Billie. Ne me dis pas non. Je nous ai même fait des réservations. »

Est-ce que c'est de l'impatience dans sa voix ? Ou est-ce que j'entends juste des choses ?

"D'accord." Je souris. "Je suppose que je peux enfermer pendant un moment."

Je récupère la clé de la porte d'entrée et suis Gage dehors. Alors que je ferme la porte, il reste vigilant, ses yeux sont tournés vers les environs immédiats et non vers moi pour la première fois depuis que nous sommes en présence l'un de l'autre. Une fois la porte verrouillée, il me conduit rapidement vers une berline noire qui est garée à proximité, non pas dans le parking de la galerie, mais dans la rue.

Il m'ouvre la porte et je souris en entrant. "Quel gentleman."

Ses yeux lui sourient alors qu'il ferme la porte, fait le tour à ses côtés et entre. Je suis tellement excité que j'ai la chair de poule partout, mais bien sûr, alors que je jette un coup d'œil à la galerie alors que nous nous éloignons, je vois deux hommes en costumes noir anthracite se dirigeant vers la porte d'entrée.

"Oh non," je gémis en désignant du doigt. "Gage, je dois y retourner!"

Gage jette un coup d'œil du côté passager, voit les hommes et secoue la tête. "Absolument pas."

"Mais le panneau indique que c'est ouvert, et s'ils..."

"J'ai dit non, Billie!" La voix de Gage explose avec un volume qui fait trembler toute la voiture. Sa prise sur ma jambe se resserre alors qu'il fait tourner la voiture dans un virage serré à droite, laissant la galerie dans notre vue arrière.

"Aïe!" Je couine en tirant sur sa main. Mais sa poigne est comme un étau. Je ne peux pas le bouger d'un pouce, même si je lutte avec acharnement. "Gage, tu me fais du mal!"

Instantanément, il lâche son emprise sur moi. Les yeux vitreux de colère, il serre le poing et l'enfonce directement dans sa propre jambe, comme pour se punir. « Bon sang, Billie. Je suis désolé. Je suis désolé de t'avoir blessé. Je n'en avais pas l'intention.

Tout mon corps tremble. Mon cœur tremble. Mes mains tremblent comme des feuilles.

"Je pense que tu devrais me reconduire à la galerie", lui dis-je. Soudain, cette peur qui m'attirait tant a pris une tournure. Soudain, j'ai simplement peur.

"Ça n'arrivera pas."

Sa réponse me met presque à niveau. « Qu'est-ce que tu veux dire, ça n'arrivera pas ? Qu'est-ce que c'est? Une sorte de kidnapping !?

"Non, Billie, c'est un sauvetage." Le moteur de la voiture rugit maintenant alors que nous nous éloignons à toute vitesse de la galerie. Je n'arrive même pas à croire à quel point Gage nous manoeuvre dans les rues. « Ces hommes là-bas ont été envoyés pour vous tuer. Et je suis là pour m'assurer qu'ils ne réussissent pas.

Chapitre 4

Gage

C'est la première fois de ma vie que je conduis avec un trésor à mes côtés.

C'est ce qu'est Billie. Un trésor. Mon trésor.

Je mets tout en jeu pour cette fille. Tout ce que j'ai connu en tant qu'homme. Mais je ne peux pas faire autre chose. J'ai la tête qui tourne de désir et mon cœur bat si fort qu'il est sur le point de briser ma cage thoracique. J'aurais aimé pouvoir la rencontrer d'une autre manière, ou avoir un vrai rendez-vous prévu pour cet après-midi, mais à cause du monde pervers d'où je viens, nous avons dû nous rencontrer comme ça.

Malgré l'adrénaline qui me traverse, je suis toujours très dur et désespéré de la déshabiller et de goûter à quel point elle doit être incroyablement douce. Mais m'acceptera-t-elle un jour ? Serai-je capable de lui faire comprendre après quelque chose comme ça ?

Même si elle ne me laisse pas entrer, même si je dois garder mes distances avec elle pour le reste de ma vie, je ferai tout ce qu'il faut pour assurer sa sécurité. Sans Billie, le monde deviendrait instantanément un endroit plus sombre.

« Tu es une menteuse », dit Billie, d'une voix si neutre, comme si elle faisait un devoir scolaire. « Tu as dit que tu m'emmenais à un rendez-vous. C'était un mensonge.

« Billie... »

« Maintenant, tu me dis que ces deux hommes étaient des assassins envoyés pour me tuer et je suis censé te croire ? Elle rit avec incrédulité. "Pour quelle raison les assassins auraient-ils pour me tuer, Gage ?"

Elle fait valoir un bon point. De son point de vue, je peux tout à fait comprendre pourquoi elle ressent cela.

« Ce n'est pas le moment d'entrer dans les détails », lui dis-je. "Une fois de retour à mon appartement, je t'expliquerai tout."

« Tu veux dire, une fois que nous serons de retour dans ton donjon, où tu m'attacheras et me tortureras ? » elle rétorque. "Non merci, monsieur le kidnappeur psychopathe."

Billie attrape la poignée de la porte et ouvre la porte, prête à se jeter d'une voiture en mouvement. Je bouge comme Flash, lui arrachant la main et la tirant dans la voiture avant qu'elle ne commette l'une des erreurs les plus stupides de sa vie.

« Putain, Billie ! » Je grogne entre mes dents alors que je l'attache et passe une main autour de sa cuisse. Si doux. Tellement soyeux. "J'essaie de te protéger!"

"Oui en effet. C'est ce que tu diras jusqu'à ce que tu me mettes dans un bain de glace pour prélever mes organes.

J'ai éclaté de rire. « Récoltez vos organes ! Fille, tu devrais être une comédienne de stand-up.

"Ce n'est pas drole! Je suis sérieux!"

Je prends la main de Billie et la place sur ma bite pour qu'elle puisse sentir le renflement menacer de déchirer mon pantalon à ce moment précis. "Est-ce que tu ressens ça, Billie?"

Elle cligne des yeux, essayant de cacher son air étonné.

« Ressentir quoi ? »

"Ne fais pas l'idiot avec moi." Je la force à serrer – à serrer jusqu'à ce que ça me fasse mal. «Je sais que tu es innocent. Vous n'avez peut-être jamais senti une bite auparavant, mais vous savez sur quoi vous mettez la main maintenant.

"Je... tu es dur."

« C'est vrai, Billie. Maintenant, si je suis dur pour toi, penses-tu vraiment que je te ramène à la maison pour prélever tes organes ?

Elle me regarde maintenant. Il me regarde vraiment. Il y a toujours de la peur dans ses yeux, mais au moins maintenant, je suis presque sûr qu'elle n'essaiera pas de se précipiter hors de la voiture en marche juste pour essayer de s'éloigner de moi.

"Bon parleur", dit-elle finalement.

Je ris. « J'ai été accusé de beaucoup de choses dans ma vie, ma douce. Mais être un beau parleur n'en fait pas partie.

Je relâche ma prise sur elle et elle retire rapidement sa main. Mais je ne suis pas idiot. Je vois le rougissement sur ses joues. Il est là, tout comme il était là à la galerie lorsque nous avons parlé pour la première fois. Il y a quelque chose là. Elle doit savoir au fond d'elle que je ne suis pas là pour lui faire du mal. N'est-ce pas ?

Elle reste silencieuse jusqu'à ce que nous revenions chez moi, mais dès que je me gare, elle essaie de courir. Bien sûr, je m'y attendais, et je l'attrape avant qu'elle puisse parcourir cinq mètres. Je mets ma main sur sa bouche et la porte à l'intérieur. Ses cris et ses frémissements ne sont rien comparés à ma force. Je ne sais même pas pourquoi elle s'embête à ce stade, mais bon sang, si ça ne m'excite pas.

Elle a tellement de feu en elle. Tellement de vigueur, et au moment où je verrouille la porte et la dépose sur le canapé, je suis à deux secondes de déchirer ses vêtements en lambeaux, il lui est donc impossible de partir.

"Alors, c'est le moment ?" Avec un regard de défi dans les yeux, elle croise les bras sur sa poitrine, mais ses seins sont si gros qu'elle doit les croiser en dessous, et tout ce que cela fait, c'est les soutenir, soulignant à quel point ils sont incroyables.

Plus de sang pompe vers ma bite. Au diable ça. J'avance, j'appuie sur le bouton de mon pantalon et j'ouvre la braguette pour soulager un peu la pression.

«Je ne vais pas prélever vos organes, idiote», lui dis-je. "Je suis un tueur à gages, Billie."

Elle recule d'un pas, ramasse un coussin du canapé et le tient devant elle comme un bouclier. "Je le savais! Éloigne-toi de moi !

«Billie, nous avons vécu ça. Je ne vais pas te faire de mal.

"Comme l'enfer!"

«L'autre jour, lorsque nous nous sommes rencontrés pour la première fois, j'avais été envoyé pour te tuer, oui. Tu étais ma cible. Vous ne le savez pas, mais votre galerie est un lieu de rencontre pour les membres du crime organisé. Ces hommes en costume comme hier soir ? Vous en avez peut-être déjà vu d'autres. Ils utilisent la galerie pour coordonner et planifier, et mon patron croyait que vous en faisiez partie. Pas seulement une partie, mais peut-être une partie vitale.

"Moi ?" Billie abaisse lentement le coussin du canapé, le visage trempé de confusion. « Comment pourrais-je faire partie d'une organisation criminelle ?

"C'est ce que j'ai dit à mon patron, ma chérie", dis-je en m'avançant. Je tends la main pour la prendre dans mes bras, mais elle soulève à nouveau le coussin pour me repousser. « J'aurais déjà pu te tuer, Billie, mais je ne l'ai pas fait. Je vous ai sauvé. Mets ma vie en jeu pour toi, Billie. Tu dois me faire confiance."

«Je...» gémit-elle, la voix tremblante. "Je veux..."

Je saisis le coussin du canapé et tire. Au début, elle tient bon, mais à mesure que j'augmente la pression, elle lâche lentement prise, et ensuite nous ne sommes plus que deux, l'un en face de l'autre. J'inspire profondément, imbibant mes poumons de son parfum. C'est comme une chaude vague d'or entrant dans mon corps. Ma bite palpite lorsque je la tends, la prends par la taille et la rapproche.

«Billie, je suis allé voir mon patron et je lui ai dit que tu n'étais pas celui qu'il pense que tu es. Il ne m'a pas cru et m'a dit de revenir en arrière et de terminer le travail. J'ai refusé, mais mon patron n'est pas le genre d'homme à qui on dit non.

Ses yeux me regardent avec espoir. Elle veut me croire. Je me penche et laisse mes lèvres effleurer sa joue puis embrasse doucement la base de son oreille. Je veux apprendre chaque centimètre de son corps.

«J'étais un tireur d'élite de la Marine, Billie. La guerre peut changer un homme. Quand je suis rentré à la maison, j'ai eu un grave cas de SSPT. J'ai été accueilli par un homme qui m'a fait consulter et m'a aidé à me rétablir. Un homme qui travaille maintenant au FBI et qui a utilisé mes compétences pour éliminer des membres intouchables du crime organisé. Mais maintenant... à cause de la façon dont il a réagi quand je lui ai parlé de toi, je pense que mon patron est devenu un voyou.

Billie tremble dans mes bras. "Devenu voyou ?"

J'acquiesce en repoussant une mèche de ses cheveux. «Je crois qu'il a repris l'organisation criminelle sur laquelle nous enquêtions et qu'il élimine toute personne anciennement associée à celle-ci qui, selon lui, posera problème. Au lieu d'enquêter davantage et de m'écouter, il a envoyé ces hommes aujourd'hui faire ce que je ne ferais pas : vous tuer. Et c'est pourquoi je t'ai emmené. Pourquoi je t'ai menti à propos de notre rendez-vous. C'était le seul moyen que je connaissais pour te sortir de là et te mettre en sécurité. Parce que, Billie, je ne peux pas laisser quoi que ce soit t'arriver.

Je ne peux plus me retenir. J'y vais. Je presse mes lèvres contre les siennes et ferme les yeux alors qu'un sentiment de paradis m'envahit. Je grogne, enfonce ma langue dans sa bouche, la lèche, imaginant ce que ce serait si je léchais son doux trou vierge. Un petit gémissement glisse de sa gorge et dans ma bouche et ses mains innocentes s'élèvent jusqu'à ma poitrine comme si elle allait me retenir pour me soutenir. Mais elle ne le fait pas. Elle repousse, rompant notre baiser.

«Espèce de beau parleur», murmure-t-elle, le visage rouge cerise. "Dire toutes les bonnes choses pour m'exciter et m'embêter."

Je passe mes mains dans ses cheveux et les serre fort, puis je penche sa tête en arrière, exposant la peau douce de son cou. J'embrasse délicatement juste au-dessus de sa clavicule, puis je remonte si doucement. «Dès que je suis entré dans cette galerie et que j'ai posé les yeux sur toi, j'ai su que je devais t'avoir. Je suis peut-être un diable, je viens peut-être de l'enfer, mais même un diable peut protéger son ange. Et c'est ce que je vais faire pour toi, Billie.

Je glisse une main sur sa chemise et prends sa poitrine, tirant un gémissement de ses lèvres luxuriantes. Puis avec l'autre, je baisse la fermeture éclair de son pantalon.

Elle baisse la tête au creux de mon épaule et jette ses bras autour de moi.

"Ton ange?" me chuchote-t-elle à l'oreille.

"C'est vrai", je réponds, en faisant sauter le bouton de son pantalon et en le tirant sur ses cuisses. J'accroche mon index sous sa culotte et je la glisse de côté. Puis, avec mon index, je trace une ligne le long de sa petite chatte d'adolescente, écartant ses plis, sentant l'humidité à l'intérieur. Elle ne peut plus le cacher maintenant. Peu importe ce qu'elle dit, le désir sur mes doigts me fait savoir exactement ce qu'elle veut.

"N'es-tu pas contente de ne pas t'avoir laissée te jeter hors de la voiture maintenant, petite fille ?" Je demande. "Tu aurais refusé à ta douce petite chatte tout ce qu'elle ressent maintenant."

"Oui", gémit-elle, un gémissement cent fois plus doux qu'une tarte à la citrouille.

"Oui, papa", je la corrige. Bon sang, je perds le contrôle. Mon corps est en feu, mes couilles sont tendues et remplies de sperme, et ma bite me fait absolument mal, criant pour être en elle.

"Oui... D-Papa." L'entendre répéter ce que je viens de lui dire est la goutte d'eau qui fait déborder le vase. Avec les deux mains, j'attrape sa culotte et son pantalon et je les tire vers le sol, puis je la soulève et la jette sur le canapé, en faisant attention de ne pas la blesser. Elle halète, les yeux écarquillés alors qu'elle me regarde, mais elle n'a pas le temps pour ça. Elle lève les bras pour moi alors que je lui arrache pratiquement sa chemise par-dessus la tête. Et puis c'est fait. Elle est complètement nue sous moi.

«Je le savais, Billie. J'ai su dès l'instant où je t'ai vu que chaque centimètre de toi serait parfait. Et j'avais raison. Tu es mon ange, Billie. Et maintenant je vais vous montrer ce qu'un diable peut faire.

Le rougissement de Billie s'accentue et elle tord nerveusement ses hanches, mais cela ne fait que souligner ses courbes incroyables.

"Montre-moi, papa."

Je suis peut-être un diable, mais est-il possible pour cet ange de laver mes péchés ? Les péchés d'une vie ? J'ai toujours reçu des ordres, mais pour la première fois, je fais ce que je crois être juste à cause de quelque chose au plus profond de moi.

Je jette ma chemise de côté et j'enlève mon pantalon, me jetant sur elle et coinçant ses bras au-dessus de sa tête pendant que je l'embrasse partout. Mes lèvres se referment autour de ses petits tétons roses en gomme, la faisant haleter et se tortiller sous moi. Avec mon autre main, je traîne sa fente crémeuse, écartant ses lèvres, taquinant son trou vierge.

« Bon Dieu, tu me rends fou, mon ange. Je ne suis loin de toi que depuis une nuit, mais tu ne peux même pas connaître les pensées qui me traversent l'esprit. Cela ne m'est jamais arrivé auparavant, mon ange. Jamais. J'ai rêvé de ça... » J'enfonce une jointure au fond d'elle, ce qui lui fait cambrer le dos du canapé et un gémissement s'échappe de ses lèvres. "J'en ai rêvé toute la nuit, et maintenant je vais enfin l'avoir."

Plus besoin d'attendre. Ne retardez plus l'inévitable.

J'ai besoin d'elle maintenant.

En utilisant mes genoux, j'écartai ses jambes grandes ouvertes. J'appuie le bout de ma bite rigide contre son entrée trempée et je sens son corps commencer à s'étirer pour moi. "Je-je n'ai jamais fait ça auparavant."

"Je sais, ma chérie. Je te réclame avec ma bite. Je suis ton protecteur, ton papa. Personne ne te fera jamais de mal aussi longtemps que je vivrai.

Il y a une pointe de peur dans ses yeux. Elle se mord la lèvre inférieure et regarde la couronne de ma tige raide qui sépare son entrée. « J'ai entendu dire que ça faisait mal... »

« Au début, ma chérie. Mais c'est pourquoi je vais y aller lentement... »

« Non. Elle secoue la tête. "Ne le faites pas. Juste aller. Poussez tout dedans.

Un sourire se dessine sur mes lèvres. Putain, il y a encore ce feu. Je ne peux pas en avoir assez de cette fille. Je tombe, et je tombe fort. Si nous ne sommes pas parfaitement adaptés l'un à l'autre, alors je ne sais pas s'il en existe un.

"Quelle bonne fille tu es", je la félicite en lui caressant les cheveux. "Ça vient."

Sans une seconde d'hésitation, j'enterre chaque centimètre que j'ai à donner dans son délicieux trou trempé. Et oui, elle est vierge, d'accord. Je sens son innocence céder et ses parois trempées s'étirent autour de ma circonférence gonflée.

«C'est ça», lui dis-je. « Très bien, ma douce chose. Vous le prenez si bien.

« Vraiment, papa ? Est ce que je?"

"Tu le prends si bien", je grogne, inclinant mes hanches en arrière pour commencer le pompage. Mais dès le premier coup, je manque de le perdre. Elle est incroyablement serrée. Si incroyablement doux que je vide presque complètement mes couilles. Je dois serrer les dents et me pincer la cuisse juste pour ne pas m'embarrasser.

Mais je tiens bon. Dans et hors et dans et hors de la chatte d'adolescent la plus chaude, la plus petite et la plus trempée que je connaisse. C'est comme si un poing fermé et lubrifié me saisissait et essayait désespérément de me retenir à chaque fois que je reculais pour une autre poussée. Je m'appuie contre elle, l'entoure de mes bras. Son cœur bat si fort que je peux le sentir à travers ses seins parfaits. Mes émotions s'ouvrent exactement comme elle s'ouvre à moi. Je ne savais même pas qu'il était possible de ressentir cela pour une femme.

Je me frotte contre elle, répandant son humidité sur la poignée de ma bite et sur mes cuisses. Je sens son souffle contre mon oreille et ses gémissements, en synchronisation avec chacune de mes poussées. Je sens ses seins rebondir contre ma poitrine, mais ce n'est pas suffisant.

Je suis possédé. Je veux tout voir.

Je ralentis mes mouvements et m'assois. Billie me regarde. "Est-ce que... tu es venu ?"

"Oh, non," je ris. "Crois-moi, ma chérie. Vous saurez quand cela arrivera. Je veux que tu fasses quelque chose pour moi.

"Oui papa?"

"Je veux que tu te retournes et que tu te mettes à genoux pour moi." Les yeux de Billie s'écarquillent. C'est peut-être sa première fois, mais elle ne recule pas. Elle aime que je lui dise quoi faire, et l'idée de ce nouveau poste l'excite. Je me penche en arrière, sortant ma bite de sa poche serrée, et elle commence instantanément à obéir à mon ordre.

"Comme ça, papa?"

Je sens un pincement dans mes couilles. Jésus, je ne sais pas comment je vais m'en sortir. Et quand je la vois se mettre en place et que son cul, encore plus parfait que je ne l'imaginais, tremble et bouge pendant qu'elle se met en position, je dois donner une forte claque à ma bite pour ne pas pulvériser ma semence partout dans le bas de son dos.

"Oui, petite fille," je grogne en me plaçant derrière elle. "Tu es une petite renarde excitée, n'est-ce pas ?"

Billie ne répond pas. Elle écarte encore plus les jambes, m'invitant à entrer. Ma bite palpite et je ne perds pas de temps à la faire glisser là où elle est censée aller.

Nous haletons tous les deux lorsque je pénètre profondément dans ses couilles. Je transpire alors que je commence à la frapper par derrière, mes couilles frappant son clitoris à chaque coup. Son dos est si parfaitement cambré et ses fesses tremblent à chaque coup. Je peux à peine le supporter.

Billie gémit, sa chatte se resserrant sur ma bite. Son jus coule sur ma poignée et sur les coussins du canapé en dessous. Je grogne comme une bête alors que je lui arrache les cheveux et la tire, la cambrant jusqu'à la limite alors que je libère ma puissance, ramenant ma grosse tige à la maison avec toute la puissance dont je dispose. Ses gémissements se transforment en cris de passion qui me tirent de plus en plus près de la limite, mais je la sens se serrer contre moi. Elle est sur le point d'atteindre son apogée, et je n'atteindrai pas le mien tant qu'elle n'aura pas eu le sien.

« Viens me chercher, ma douce. Allez, la bite de papa.

"Oui!" crie-t-elle, mes mots l'envoyant à bout.

Son joli trou devient un étau, avalant mes centimètres, m'attirant en elle jusqu'au bout de ma bite. Je gémis alors que ses murs palpitent, son corps tremble alors que son orgasme s'installe. Je lui donne une fessée violente tandis que ma propre graine jaillit, éclaboussant contre son col, remplissant sa petite poche étroite.

Elle est vierge. Je la baise brutalement. Il n'est pas possible qu'elle soit sous contrôle des naissances. Il y a de fortes chances que cela la mette enceinte.

Et je suis d'accord avec ça.

En fait, je suis plus que d'accord avec ça.

Nos corps frémissent à l'unisson et je m'effondre sur elle. Nous transpirons tous les deux, je m'en rends compte, mais aucun de nous ne s'en soucie. Nous restons allongés là, respirant fort, nos cœurs battant en parfaite synchronisation lorsque nous descendons.

"Wow," dit finalement Billie. "Tu es énorme."

"Comment saurais tu?" Je taquine.

"Je n'ai pas besoin d'avoir eu des relations sexuelles pour savoir ça", rigole-t-elle, envoyant des impulsions à travers mon sexe encore dur.

Bon sang, alors que je couche avec elle, j'ai l'impression d'être un homme nouveau. Avant de rencontrer Billie, j'étais perdu, un homme errant qui suivait simplement les ordres, sans jamais se demander quels pouvaient être ces ordres, portant un poids écrasant sur mon dos qui me tuait lentement. Mais maintenant que ce poids a disparu et qu'avec elle dans mes bras, je suis libre. Qu'ai-je fait pour mériter cette seconde chance dans la vie ? C'est une question à laquelle je ne veux même pas de réponse. Tout ce que je sais, c'est qu'on m'en a accordé un, et je veillerai à faire tout ce que je peux pour ne pas tout gâcher.

« Gage », murmure Billie. "Je dois fermer la galerie."

"Quoi? Je pensais que tu l'avais déjà fait.

«Non», répond-elle. «Je viens d'enfermer. Il y a des choses que je dois faire pour le fermer pour la journée.

Je m'assois et la regarde pour voir si elle plaisante. Mais elle me regarde à nouveau et je peux voir à son expression qu'elle est sérieuse. « Billie. Après ce que je t'ai dit auparavant, penses-tu vraiment qu'il y a une chance que je te laisse retourner à la galerie ?

« Mais... Gage. Cela fait partie de mon travail.

«Plus maintenant», lui dis-je. « Tu ne peux plus y retourner, Billie. Pas avant un moment. Peut-être jamais. Ces hommes sont peut-être partis maintenant, mais ils reviendront et pourront même le garder sous surveillance.

Billie se redresse, un air inquiet sur le visage. « Si je ne ferme pas mes portes et n'active pas le système d'alarme... »

« Je le ferai, Billie », lui dis-je. «C'est un refuge que je garde. Personne ne le sait. Vous serez en sécurité ici. Dis-moi juste quoi faire et je m'en occupe. Et puis je serai de retour ici à vos côtés.

«Je... d'accord», acquiesce-t-elle.

Billie fait tout ce qui est nécessaire avec moi, ce qui, heureusement, n'est pas de trop, puis je sors et retourne à la galerie. Je ne suis absent que quelques minutes, mais mon cœur me fait déjà mal d'être hors de sa présence. Je surveille les lieux une fois arrivé, mais il semble que les hommes soient partis pour le moment. Ensuite, en utilisant la clé que Billie m'a donnée, je me dirige vers l'intérieur et je suis les procédures de clôture qu'elle m'a présentées. J'entre et je sors en moins de cinq minutes et je retourne à l'appartement, imaginant ma nouvelle vie avec Billie.

Je vais l'emmener loin d'ici. Quelque part, ils ne peuvent pas nous trouver, et s'ils viennent nous chercher, je les tuerai tous. Je démolirai toute cette foutue organisation s'il le faut. Il n'y a rien que je ne ferai pas pour elle. Cette chaleur dorée que j'ai dans ma poitrine maintenant qu'elle m'a apporté est si précieuse, si douce, je ne pourrai jamais assez la remercier pour cela.

Elle est mon trésor. Ma raison ultime d'exister.

Je gare la voiture, la tête pleine de pensées alors que je me dirige vers la porte. Cela ne me ressemble tellement pas. Je pense que j'ai plus souri ces deux derniers jours qu'au cours des deux dernières années. Mais quand j'entre, je trouve le salon vide.

"Billie?" J'appelle en me précipitant dans la chambre. Mais je le sens immédiatement.

Elle est partie.

Chapitre 5

Billie

Un autre jour en enfer. Une autre journée au Motel Paradiso où je travaille maintenant, et tout comme mon travail à la galerie, le travail est un terme vague. Encore une fois, je travaille à un bureau, mais cette fois, je ne reste pas assis à attendre qu'un gentil couple vienne leur faire visiter. Cette fois, j'attends qu'un mari et sa maîtresse évidente viennent louer une de nos chambres à soixante dollars la nuit pour qu'ils puissent se lancer dans toutes les choses scandaleuses qu'ils vont faire.

J'ai beaucoup grandi au cours des deux dernières semaines depuis que j'ai quitté Gage.

Parfois, je me demande si ce que j'ai fait ce jour-là était bien. Mais ensuite, je me souviens à quel point j'étais terrifiée à l'idée de ce que serait ma vie sous la menace constante d'assassins, d'être tirée de refuge en refuge, en me demandant toujours si ce jour serait mon dernier.

Je savais quand il est parti pour la galerie ce jour-là que je n'avais que quelques minutes avant son retour, alors je me suis rapidement habillé et j'ai couru. Il a attendu devant mon appartement pendant deux jours. C'était comme une partie de poulet. Une fois qu'il est finalement parti, j'ai pu me précipiter à l'intérieur, prendre un sac de produits essentiels, monter dans la voiture et la quitter de la ville. Sachant qu'il connaissait mes assiettes, je l'ai vendu le lendemain pour la moitié de sa valeur et j'ai acheté la ferraille que j'ai actuellement. J'avais besoin d'un travail et d'un logement, et vu que ce travail comportait le logement et les repas, je l'ai accepté. C'est loin d'être idéal, mais au moins je peux encore écrire.

Il me manque. Une partie de moi aurait aimé qu'il me traque et me retrouve. En fait, c'est la nouvelle direction prise par Gage My Love for You. Mon cœur me fait mal chaque jour en souhaitant qu'il franchisse cette porte d'entrée grinçante et que je lève les yeux pour voir ses magnifiques yeux marron chocolat me regarder.

« Allons-y », disait-il. "Allons-y, mon ange."

Et je me levais de derrière ce vieux bureau moisi et malodorant, je lui prenais la main et je le laissais me conduire là où il voulait m'emmener. Mais je sais maintenant que cela n'arrivera jamais. Cela fait déjà deux semaines et je l'ai manqué. J'ai fait ce choix et maintenant je dois vivre avec. Je laisse ma peur me gouverner au lieu de mon amour.

Et je l'aime. Je le sais maintenant.

J'essuie une larme de mes yeux lorsque j'entends l'horrible sonnette numérique et lève les yeux pour voir un homme entrer. Il ressemble peut-être à un avocat ou à un comptable avec sa cravate desserrée et sa veste de costume en bandoulière. Mais il a aussi l'air assez jeune. Peut-être un assistant dans une entreprise ou quelque chose du genre.

"Bonjour." Il ne cache même pas ses yeux qui se posent sur mes seins. « Est-ce que, euh... avez-vous des chambres disponibles ?

"Nous le faisons", je réponds. "Soixante dollars pour un seul, quatre-vingts dollars pour un..."

"Merci." Il sourit. Avec un autre rapide coup d'œil sur ma poitrine, il repart par où il est entré.

Eh bien, c'était étrange. Mais j'ai l'habitude d'être bizarre ici, alors j'ignore tout et je me remets à mon écriture. Encore une fois, mon ordinateur portable est en panne, mais mon astuce à trois reprises le fait fonctionner à nouveau. Je commence à écrire, en essayant de ne pas penser au fait que mes règles arrivent bientôt et à ce que je vais faire si je les manque. Le manquer une fois ne signifie pas nécessairement que je suis enceinte, mais c'est de Gage dont nous parlons ici. Cet homme pouvait féconder tout un village rien qu'en les regardant, et je le laissais entrer en moi.

Est-ce que je le regrette ? C'est une question à laquelle il est impossible de répondre, car si j'avais une machine à remonter le temps et que je pouvais revenir à ce moment, je suis absolument certain que je le laisserais recommencer. Voilà à quel point ce moment était magique, passionné et tout à fait incroyable. J'étais tout simplement folle de convoitise et de désir pour lui. Gage m'a emmené dans des endroits dont j'ignorais même l'existence. Il a touché des endroits en moi dont j'ignorais même l'existence, et je me souviendrai pour toujours de ce temps entre nous. Mais maintenant que je ne suis plus avec lui et que je ne le reverrai probablement jamais, je suis inquiète.

Avec un soupir, je prends mon sac à main et sors. Quelqu'un fume et je retiens mon souffle en passant devant sa chambre en me dirigeant vers les distributeurs automatiques. Je m'apprête à faire glisser ma carte lorsqu'un reflet apparaît à côté de moi dans le verre.

"Ange." Mon cœur sort presque de ma gorge alors que je me retourne pour voir Gage debout là. Il est habillé différemment de ce que je l'ai vu auparavant, avec un jean noir foncé et des bottes avec une épaisse veste en cuir noir. Il tient un casque de moto dans sa main droite et ses cheveux auraient besoin d'un peigne.

"Jauge!" Je dois me couvrir la bouche avec les deux mains pour ne pas crier son nom. "Qu'est-ce que tu es? Comment m'as tu trouvé?"

« Il y aura du temps pour tout ça plus tard. Ils vous ont trouvé. Nous devons partir. Maintenant."

La panique m'envahit comme une couverture glacée.

Comment cela pourrait-il arriver? J'étais si prudent. J'ai tout fait pour m'en sortir sans laisser de trace. Comment pourraient-ils me trouver ? Comment Gage pourrait-il le faire ?

Mais nous n'avons pas le temps de réfléchir. La main de fer de Gage tient mon poignet dans sa poigne, et je suis tiré si vite que c'est tout ce que je peux faire pour que mes jambes suivent les siennes. Ce qu'ils font à peine. Il m'emmène au fond, près des bennes à ordures, dans l'ombre où je déteste aller parce qu'il fait toujours noir et ça me fait toujours peur.

"Où allons-nous, Gage !?"

« Nous partons », siffle-t-il. Dans le noir, j'aperçois les contours d'une moto qui semble capable d'atteindre des vitesses qui me terrifieraient. L'un de ceux sur lesquels ils courent sur des pistes à la télévision. Il arrache un casque de l'arrière et me le tend. "Mettez ça maintenant."

"Mais mon ordinateur portable !"

Gage se penche, le visage rouge, les yeux féroces et terrifiants. « C'est plus important que ça en ce moment, Billie ! C'est ta vie!"

« Mon écriture est ma vie, Gage ! » Je crache en retour, mes paroles alimentées par la terreur absolue qui fait rage en moi comme un ouragan.

Gage soutient mon regard puis grogne.

"Reste ici!" crache-t-il en pointant un doigt vers mon visage. « Ne bouge pas un muscle. Ne faites pas de bruit.

Et comme ça, il est parti, dans l'ombre comme une lumière qu'on éteint, me laissant là, tremblante. Tant d'émotions se battent en moi en ce moment qu'il est même difficile de les gérer. Revoir Gage, c'était comme si l'univers avait écouté mes pensées et lui avait envoyé une localisation GPS de l'endroit où je me trouvais. Mes sentiments pour lui ont fleuri en moi, et c'était comme si j'étais de retour dans son refuge, bercé dans ses bras après que nous venions de faire l'amour.

Mais immédiatement après avoir dit ce qu'il avait dit et saisi mon poignet, cette peur est revenue. Cela m'a pénétré comme une énorme aiguille de terreur injectée directement dans mes veines. Maintenant, je ne sais pas quoi faire. Sourire? Courir? Puis-je même faire confiance à cet homme ? Pour autant que je sache, c'est à cause de lui qu'ils continuent à me trouver. Peut-être qu'il est même dedans ?

Ne pense même pas ça, Billie. Je me déteste d'avoir ces pensées, mais si ce que dit Gage est vrai, ma vie est en jeu. Je ne peux écarter aucune possibilité.

« Et voilà », siffle une voix derrière moi. Je halete et me retourne pour voir l'homme d'il y a quelques minutes émerger de l'ombre, sa veste de costume toujours en bandoulière sur son épaule. « Alors c'est toi. Le patron sera ravi que nous vous ayons trouvé.

Il y a un reflet de lumière métallique alors qu'il sort quelque chose de sa poche. Je me fige en voyant la bouche d'un pistolet pointé droit sur moi.

"Je suppose que c'est à moi que revient le mérite de celui-ci..."

Il y a un claquement de doigt. Du sang jaillit de la tête de l'homme, ses jambes deviennent molles et il tombe. Gage sort de l'ombre, une arme à la main. Il le maintient fermement, se plaçant entre moi et l'homme déchu. "L'un d'eux", grogne-t-il. "Allez. Nous devons partir maintenant."

Rentrant l'arme dans son manteau, il balance une jambe sur la moto. Le moteur rugit et il me fait signe. "Monter."

J'hésite, figé après ce que je viens de voir. Il se penche en arrière, m'attrape par le poignet et m'attire vers lui. « Billie, allez. Il n'y a pas de temps. Nous devons partir maintenant. J'ai ton ordinateur portable. Vous pouvez écrire à ce sujet dans l'un de vos livres. Maintenant, mets ton casque et enroule tes bras autour de ma taille.

J'ai la tête qui tourne. J'ai à peine le temps de comprendre ce qui se passe alors que je m'empare de lui. Le vélo fait une embardée et nous nous éloignons du motel à toute vitesse, le monde n'étant plus qu'un flou aux limites de ma vision.

Gage se sent tellement tendu dans mes bras. Je n'arrive pas à croire ce que je viens de voir. Je savais qu'il était rapide. Je savais qu'il était capable de faire des choses, qu'il se considérait comme un diable. Mais voir ce que je viens de voir, c'était comme avoir un véritable aperçu du monde d'où il vient, et mon corps réagit. De l'adrénaline froide me traverse et mon cœur est une bombe à retardement prête à exploser.

L'unique phare de la moto de Gage creuse un trou dans l'obscurité alors qu'il nous accélère. Où m'emmène-t-il maintenant ? Que va-t-il se passer ensuite? Il y a des questions auxquelles je ne sais même pas si je veux des réponses. Mais alors qu'il penche la moto dans un virage serré à gauche, des lumières vives nous projettent derrière lui. Je jette un coup d'œil par-dessus mon épaule et vois deux hommes sur des motos noires se précipiter vers nous.

Gage crie quelque chose, mais sa voix est étouffée par le bruit des moteurs hurlants. Il y a un fort craquement de coup de feu par derrière. Je crie, baisse la tête et serre Gage plus fort. Les muscles de Gage semblent se développer de manière mortelle. C'est comme si je m'accrochais à un monstre alors que nous nous faufilons dans l'obscurité, les coups de feu craquant comme le tonnerre derrière nous.

Une balle touche l'épaule gauche de Gage, projetant du cuir et du sang dans l'air. Il crie et freine brusquement, faisant tourner le vélo à 180 degrés. Je crie alors que je suis jeté dans l'herbe et je lève les yeux juste à temps pour voir Gage tirer sur les deux attaquants.

Il bouge comme un flou. C'est comme si je regardais la vie en avance rapide.

Un coup de feu touche le premier homme directement au crâne. Il tombe mort au sol.

L'autre homme a à peine le temps de tirer, mais il manque Gage, qui riposte, laissant tomber l'homme. Et puis, en un clin d'œil, il est à mes côtés et m'aide à me relever.

« Viens, mon ange. Allons-y."

Je suis hébété alors qu'il m'aide à remonter sur le vélo. Le tenir dans ses bras est si rassurant, mais aussi si effrayant. Mon cœur hurle dans ma poitrine. J'ai l'impression d'être un ballon prêt à éclater. Je voulais qu'il vienne pour moi, et il l'a fait. Mais ce n'était pas ainsi que je souhaitais que nous nous réunissions.

Je serre Gage dans mes bras, mon diable et mon sauveur constant, alors que nous courons dans la nuit. Je ne pourrais pas dire combien de temps cela fait, mais l'aube commence tout juste à poindre à l'horizon alors qu'il ralentit le vélo et s'engage sur un chemin de terre surplombé d'arbres. Actuellement, une maison apparaît. Moderne, béton et verre, et absolument magnifique. Gage s'arrête devant les marches et se gare.

Il descend et jette son casque. Je vois à son visage qu'il souffre à l'endroit où il a été frappé, mais il se tourne immédiatement vers moi. Il enlève mon casque et m'embrasse.

Les sensations reviennent dans un torrent d'émotions que je peux à peine gérer.

« Est-ce que tu vas bien, mon ange ? J'essaie de répondre, mais quand j'essaie de parler, seul le souffle sort de mes lèvres. Gage me prend la main. "Allez, on rentre à l'intérieur."

Je me sens comme sa poupée alors qu'il me conduit à monter les marches et à entrer dans la maison qui ressemble à un sorti d'un magazine, bien loin de la chambre à soixante dollars la nuit dans laquelle je vis depuis deux semaines. Il me conduit vers le canapé et m'assoit à côté de lui. Je frémis alors qu'il passe ses mains le long de mes jambes jusqu'à mes hanches puis ma taille. Comme s'il n'avait pas reçu une balle dans le dos, il fixe avidement son regard sur le mien, puis se penche et m'embrasse.

« Mon Dieu, tu m'as manqué, mon ange. Je sais pourquoi tu m'as fui. Je sais que tu avais peur. Mais personne ne nous trouvera ici. Personne ne connaît cet endroit. Toi et moi pouvons rester ici en toute sécurité, mon ange.

Il se serre contre moi avec son corps épais et musclé. Je sens son renflement entre ses jambes alors qu'il se serre contre moi, m'embrassant le cou avec une telle faim. Un grognement gronde de sa poitrine. Comme si j'avais besoin de me rappeler à quel point Gage est un homme. Ma prochaine respiration remplit mon nez et mes poumons de son odeur, surchargeant mon système nerveux de souvenirs de notre dernière rencontre.

"J'ai rêvé de ton doux trou, ange. Qu'est-ce que ça fait de t'étirer autour de ma bite. Tu ne sais pas à quel point je veux ça.

Il glisse une main sous ma chemise. Je peux sentir la faim dans sa poigne alors qu'il serre, passe son autre main entre mes jambes et applique une pression. Je peux sentir mon corps commencer à réagir aussi. Ces instincts que seul Gage a pu éveiller en moi prennent vie et me disent de le laisser faire ce qu'il veut avec moi, me disent de me soumettre et d'être à nouveau la petite fille de mon papa.

"Dis-moi que tu veux ça", grogne-t-il en accrochant son pouce dans la ceinture de mon pantalon.

Mais ensuite je lève les yeux et vois la déchirure sur sa veste et le sang couler sur son bras, et la réalité de ce que nous venons de vivre s'écrase à travers le fantasme de ce qui se passe comme un seau d'eau froide sur le visage, et je m'assois. pour lui faire face.

"Jauge. Je... je ne peux pas faire ça.

La douleur que je ressens lorsque ces mots sortent de mes lèvres est indescriptible. Mais ce n'est rien comparé à ce que je ressens lorsque je vois sa réaction dans ses yeux.

C'est comme voir les murs d'un puissant château s'effondrer. Il y a un moment de regret où je me demande si j'aurais dû dire ce que je viens de dire, mais ensuite je repense à ce qui vient de se passer et je sais que c'est le choix que je dois faire.

"Angel..." La voix de Gage est la plus douce que j'ai jamais entendue. « Tu sais à quel point j'ai besoin de toi. Ces hommes ne vous feront jamais de mal...

— Comment peux-tu me promettre cela ? Je crie en me levant d'un bond. Je suis une marmite qui déborde. Je n'avais pas réalisé à quel point j'étais paniqué jusqu'à ce moment. « Comment ces hommes m'ont-ils trouvé, Gage ? Comment sais-tu que ce n'est pas toi qui les as conduits vers moi ?

De plus en plus de douleur envahit le visage de Gage. Les choses que je dis détruisent cet homme, cet homme qui m'a sauvé la vie à plusieurs reprises maintenant. Je sens aussi que des fissures commencent à se former en moi, mais je ne peux m'empêcher de dire la vérité. Et c'est ce que je crois.

J'aurais aimé que ce ne soit pas le cas.

J'aimerais pouvoir être comme l'une des filles de mes livres et rendre tout cela meilleur, mais c'est le monde réel, et dans la vraie vie, les choses ne finissent pas toujours comme on le souhaite.

"Qu'est-ce que tu dis, mon ange?" Pour la première fois depuis que je le connais, la voix de Gage n'est pas solide comme l'acier. Il y a une pointe de faiblesse, d'hésitation. Quelque chose que je n'aurais jamais cru voir de la part d'un homme toujours aussi sûr de lui. "Tu ne me fais pas confiance ?"

Je me sens terriblement mal. Je ne peux même pas croiser son regard alors que je secoue lentement la tête. "Je... je ne sais pas."

Quelque chose en moi s'effondre. Est-ce que c'est ça d'aimer quelqu'un qu'on ne devrait pas ? Quelqu'un que tu ne peux pas ?

Chapitre 6

Gage

Elle ne te fait pas confiance.

Je suppose que j'aurais dû le voir venir. Une fille innocente comme elle n'était jamais censée être impliquée dans tout cela. J'aurais dû faire un meilleur travail pour l'empêcher de tout cela. Bien sûr, je lui ai sauvé la vie, mais je lui ai permis d'être entraînée dans les profondeurs mêmes du monde infernal dont je cherche à sortir depuis que je l'ai rencontrée, et il n'y a aucune excuse pour cela. Maintenant, elle ne peut plus me distinguer, en tant que son sauveur, des autres démons déterminés à sa destruction.

Si seulement elle comprenait à quel point j'ai besoin d'elle. Mon ange. La seule fille que je me suis permis de vouloir pleinement. Ces deux dernières semaines ont été une véritable torture. J'ai dû apprendre à vivre avec la douleur constante dans mon cœur d'être loin d'elle. C'est comme souffrir d'une sorte de maladie et le seul remède, c'est elle. Même la douleur causée par la balle que j'ai reçue n'est rien comparée à l'idée de la perdre.

Je m'éloigne du canapé et vais me placer près de la fenêtre. Le lac est immobile alors que la lumière du matin commence à apparaître dans ses eaux. L'odeur de Billie persiste toujours dans mon nez et le désir effréné que j'ai pour elle est plus puissant que jamais, mais ma tête tourne comme une toupie. Je ressens à peine la douleur dans mon épaule malgré la blessure.

Elle ne te fait pas confiance.

Mais j'ai besoin d'elle.

J'ai besoin d'elle plus que tout.

J'entends le bruit de ses pas doux derrière moi, puis je sens son doux contact contre mon dos. C'est comme les premiers rayons du soleil chaud par un matin glacial d'hiver.

"Tu saignes encore." elle murmure.

"Ce n'est rien."

"Il y a du dur et il y a du stupide, Gage." Elle me prend les deux mains et m'aide à retirer ma veste. "Nous devons vous nettoyer."

Je me tourne vers elle. Elle rougit et peut à peine croiser mon regard, mais quand elle le fait, je vois le conflit dans ses yeux. J'admire chaque courbe à couper le souffle de son corps alors qu'elle se tient là, ressemblant à l'infirmière la plus sexy du monde. Je tends la main et lui coupe les fesses, mais elle échappe à ma prise.

« Avez-vous des... bandages ? Les serviettes?"

D'accord, si c'est comme ça que tu veux y jouer. "Oui, dans la salle de bain."

Elle hoche la tête, me demandant évidemment de lui montrer le chemin. Je ne peux m'empêcher de sourire légèrement en lui prenant la main et en la conduisant dans le couloir. Je montre l'armoire à pharmacie et Billie récupère des bandages et la trousse de premiers secours.

Mon désir pour elle obscurcit ma douleur. Tout ce que je peux voir, ce sont ses hanches féminines alors qu'elle se penche au-dessus de l'évier. Elle se retourne, une serviette mouillée à la main.

"Décoller." Elle s'éclaircit la gorge. "Enlève ta chemise."

Le sang afflue directement vers ma bite. À l'aide de mon bras valide, j'enlève ma chemise et la jette de côté. Même si elle a peur de moi, même s'il y a un manque de confiance, elle ne peut cacher son regard lorsqu'elle me voit torse nu. Elle se mord même la lèvre inférieure alors qu'elle s'avance et atteint mon épaule.

"Billie..."

"Ça pourrait piquer un peu", prévient-elle en pressant la serviette contre ma blessure. C'est le cas, mais il s'enregistre à peine.

"Je peux le gérer", dis-je en laissant ma main glisser le long de sa taille. "Ce que je ne peux pas supporter, c'est de ne pas t'avoir, mon ange."

Et c'est la vérité. L'idée de ne pas être toujours avec elle est trop difficile à supporter, et avoir la main sur elle fait maintenant rage tous les instincts possessifs de mon corps.

«Tu me fais peur», avoue-t-elle. "Je ne sais pas si je peux te faire confiance..."

"Je suis vraiment désolé, mon ange."

"Mais tu me donnes aussi l'impression que je n'ai jamais ressenti auparavant." Ses yeux croisent les miens, mais elle les éloigne à nouveau. "Comme moi..."

Elle se tait, regardant ses pieds alors qu'elle travaille à nettoyer ma blessure. Je lève la main, je prends sa main et je l'arrête, puis je lève son menton pour qu'elle soit obligée de me regarder.

"Comme toi quoi, mon ange ?"

Elle déglutit difficilement, mouillant ses lèvres luxuriantes avec sa langue. « Moi aussi, je suis orphelin, Gage. Mes parents sont tous deux morts dans un accident de voiture et je survis seule depuis si longtemps que je n'ai jamais pu faire confiance à personne, surtout à un homme. Mais une partie de moi veut pouvoir te faire confiance et me livrer à toi... »

Je la tire vers moi, laissant mes lèvres remonter le long de son cou. " Abandonne-toi et redevient la petite fille de papa ? "

"Oui", gémit-elle.

Je prends sa main libre et la place sur mon renflement. "Tu aimerais être la petite fille excitée de papa, n'est-ce pas ?"

Billie hoche la tête tandis que j'ouvre mon pantalon et que je glisse sa main dans mon slip.

"Oui, mais Gage..."

"Tu m'as changé aussi, mon ange. Je n'ai jamais voulu quelqu'un comme je te veux. Tu te souviens de ce que je t'ai dit ?

Billie hoche la tête tandis que je baisse son pantalon, emportant sa culotte avec elle, exposant la chair douce de son cul parfait. "Oui", gémit-elle, un léger frémissement parcourant son corps.

"Tu-tu saignes encore."

Je sors un pansement de la trousse de premiers secours et le lui tends. "Tiens", lui dis-je en glissant les deux mains sous sa chemise. La sensation de ses seins est comme une drogue, me calmant instantanément et me plongeant dans une frénésie en même temps. Billie presse le bandage sur ma blessure par balle, et c'est comme si un interrupteur était actionné dans ma tête.

Je la fais tourner et la penche au-dessus de l'évier. La perfection. La perfection absolue. "Laisse-moi voir cette chatte parfaite, ange", je grogne en lui attrapant les deux joues et en l'écartant, révélant la fente rose pour laquelle je meurs d'envie. Sans hésitation, je me laisse tomber et la lèche du clitoris au trou, mouillant mon visage de son excitation. On ne peut nier à quel point elle le veut vraiment en ce moment.

« Tu as le goût du paradis, ange. Plus sucré que le bonbon le plus sucré du monde.

Elle penche la tête en arrière, améliorant la courbe de son dos tandis que je me lève et presse ma bite contre son trou. Une seule touche de sa chaleur et de son humidité suffit presque à me faire basculer. Mais je serre les dents et me concentre, me penchant en avant et la pénétrant. La chatte qui me manquait depuis deux semaines s'écarte, s'étire et m'accepte, moi, son papa, et Billie laisse échapper un long gémissement alors que j'appuie sur tous mes centimètres en profondeur. Je ne m'arrête pas jusqu'à ce que je sente le nœud dur de son col contre ma couronne. Et je n'hésite pas avant de commencer à pomper. Je ne peux tout simplement pas me contrôler.

Je suis un animal. Je suis primordial. Sauvage. Je suis peut-être en position dominante, mais je suis désormais sous son contrôle. Sa féminité est comme des chaînes qui me retiennent contre elle pendant que je pile son doux petit gâteau.

Je me lève par derrière, je lui coupe les seins et je la baise plus fort. Les paumes de Billie émettent un bruit de claquement alors qu'elle s'appuie contre le mur de la salle de bain. Les bruits de mes cuisses qui frappent contre ses fesses ne sont compensés que par le son de ses gémissements et le battement de mon cœur dans mes oreilles.

"Tu aimes ça, mon ange ?"

"O-oui," gémit-elle.

"Est-ce que tu vas jouir sur la bite de papa ?"

Je connais déjà la réponse. Je sens déjà sa chatte se serrer, ses parois serrant mon sexe comme un poing, mais je veux l'entendre le dire.

"Je... je veux y goûter, papa."

Putain de merde.

"Wow, tu es vraiment une petite fille excitée", je grogne en accélérant le rythme, lui donnant tout ce que j'ai pendant que je me mords l'intérieur de la joue, en me concentrant sur le maintien de ma semence fermement serrée dans mes couilles jusqu'au dernier. moment possible. Je resserre ma prise sur ses seins, serrant ses mamelons entre mon pouce et mon index, et avec un frémissement, je la regarde passer par-dessus bord.

C'est glorieux. Elle halète et laisse échapper le petit cri le plus mignon du monde alors que tout son corps tremble, et sa chatte se serre sur ma bite comme si elle ne lâcherait jamais prise. Je l'enterre et m'accroche pendant que ses hanches montent et descendent.

"Bonne fille", lui dis-je en lui donnant une fessée sur la joue droite assez fort pour laisser un tampon rouge sur la main. Elle excite et crie, et je me sens atteindre un point de non-retour. "À genoux, maintenant!"

Billie obéit, s'éloignant de moi et se laissant tomber devant moi comme la petite fille obéissante qu'elle est. Je l'attrape par les cheveux et glisse ma bite dans sa bouche au moment où mon sperme explose de mes couilles et de mon manche. Ma tête tourne et mes yeux se ferment alors que je rejette la tête en arrière et laisse échapper un grognement comme une sorte d'hybride homme-bête. J'essaie de ne pas enfoncer ma bite trop loin dans sa gorge car je sais qu'elle n'est qu'une débutante, mais je n'y peux rien. Et si je devine à la façon dont elle saisit mes cuisses, elle en veut plus. Alors je le lui donne.

"Putain, juste comme ça. Prends le fardeau de papa.

D'une manière ou d'une autre, elle avale chacun de mes centimètres tout en avalant ma semence. Je saisis sa mésange d'une main tandis que je tiens ses cheveux de l'autre, ma bite palpitant tandis que je lui vaporise dans la gorge.

Il y a un bruit sec lorsque je retire ma bite de ses lèvres, et Billie s'effondre sur le dos sur le sol de la salle de bain, haletante et me regardant avec un mélange de désir et d'incrédulité sur son visage. Je m'agenouille au-dessus d'elle et lui caresse les cheveux en arrière, perdu dans l'admiration de son incroyable beauté.

C'est la seule. Cela ne fait aucun doute.

«Je t'aime, Billie. Je veux que tu saches que."

Je trace une ligne le long de son corps, en commençant par son pied gauche, en remontant lentement sa jambe jusqu'à ses hanches souples, son ventre plat jusqu'à ses seins, puis jusqu'à son cou. Cela semble la chatouiller alors qu'elle s'éloigne légèrement, et alors que je m'allonge à côté d'elle, elle s'assied. Puis elle se lève et remonte son pantalon.

"Qu'est-ce que tu fais, mon ange?"

"Je pense que je devrais y aller." Ses mots m'ont frappé comme la deuxième balle de la nuit. Je la regarde stupéfaite alors qu'elle baisse sa chemise et fait face au mur, maintenant entièrement habillée.

"Que veux-tu dire, ange?" Je me lève, remonte mon pantalon. "Après ce que nous venons de dire, tu voulais partir?"

Elle tremble. Je fais un pas vers elle, mais elle se retourne et lève la main.

« Ce que nous venons de faire était incroyable, Gage. Mais... je n'aurais pas dû le faire. Ses yeux parcourent la pièce comme si elle avait honte de ce qu'elle dit. « Après tout ce qui s'est passé, Gage... après ce qui s'est passé ce soir, je continue... »

Billie baisse la tête. Il y a un long silence, mais je comprends.

"Tu ne me fais toujours pas confiance."

Il lui faut un long moment pour répondre, et même quand elle le fait, elle ne peut pas croiser mon regard. « J'ai l'habitude de prendre soin de moi, Gage. Et chaque fois que tu te montres, il y a des hommes qui essaient de me tuer.

"Billie, je te l'ai dit..."

"Gage, comment puis-je savoir que tu n'es pas impliqué ?" crie-t-elle, les yeux paniqués. « Comment puis-je savoir que tu n'as pas tout organisé pour que je t'aime ? Comment puis-je savoir que tu n'es pas le patron qui, selon toi, t'a envoyé me tuer la première fois ? Comment puis-je savoir si ce que vous dites est vrai ! ? »

Les larmes jaillirent des yeux de Billie. Elle se rejette en arrière alors que j'essaie de la rejoindre et met ses mains sur son visage. Elle se retourne, court hors de la salle de bain et court vers la porte. Je cours après elle. Je ne peux pas la laisser faire ça. Si elle ne me fait pas confiance, très bien. Mais je ne peux pas la laisser se mettre en danger de mort.

Je l'attrape à la porte d'entrée, je l'attrape par les poignets, je la jette par-dessus mon épaule et je la ramène en criant et en pleurant jusqu'au canapé. Elle me donne des coups de pied dans la poitrine alors que je la jette sous moi, mais il n'en faut pas beaucoup pour la coincer et l'immobiliser.

« Arrêtez ça », dis-je simplement. « Personne ne peut vous entendre. Vous perdez simplement votre souffle.

Cela lui prend une seconde, mais elle comprend le message et se calme. Mon cœur me tue. J'ai été blessé plusieurs fois au cours de ma vie, mais je n'ai jamais connu ce genre de douleur auparavant.

"Je le savais. Maintenant, vous me kidnappez... —

Ne soyez pas ridicule, dis-je sèchement. « Je ne te kidnappe pas, Billie. Je te sauve.

"Il me sauve", se moque-t-elle en détournant les yeux. Même maintenant, quand elle est furieuse contre moi, elle est absolument magnifique.

« Trois, cinq, quatre, cinq », dis-je.

"Quoi?"

« Il y a un coffre-fort dans le placard de la chambre. C'est le code pour l'ouvrir. Il contient tout l'argent dont vous aurez besoin pour le reste de votre vie. Je vais te quitter maintenant, mon ange. Je vais régler tout ça.

Tu verras. Parce que tu es tout pour moi, mon ange. Je ne suis rien sans toi."

Elle se moque encore, mais quand je me lève, elle ne court pas vers la porte. En fait, alors que je me lève et la regarde, je la surprends en train de me regarder du coin de l'œil.

« Reste ici, Billie. Soyez prudent. Terminez votre livre. Et je prouverai que vous pouvez me faire confiance. Je promets."

Et puis je lui tourne le dos, mais pas pour longtemps. Je reviendrai. Et quand je le ferai, j'apporterai à mon ange le paradis parfait qu'elle mérite.

Billie

Cinq mois plus tard...

"Et alors que le soleil se couchait sur les montagnes, ils se sont endormis dans les bras l'un de l'autre, enveloppés d'amour, sachant tous deux qu'ils avaient trouvé la seule personne dans la vie en qui ils pouvaient vraiment avoir confiance."

Avec un énorme sourire et un immense soupir de soulagement, je clique sur Enregistrer et m'adosse à mon fauteuil, regardant mon ordinateur portable.

C'est fini. Gage My Love for You est terminé.

Une partie de moi n'arrive pas à y croire. Compte tenu de ce qui s'est passé et de la façon dont nous avons laissé les choses, je n'étais pas sûr de pouvoir ou non terminer le livre que j'avais commencé lorsque j'ai rencontré Gage pour la première fois. Mais il y avait quelque chose en moi qui ne me permettait pas d'arrêter. Depuis qu'il a franchi cette porte il y a cinq mois, j'ai tapé, écrit et réécrit, mais aujourd'hui est enfin le jour où je peux dire que j'ai fini. C'est fait.

Je souris en me levant et en allant dans la cuisine pour me préparer une tasse de thé au jasmin, mais alors que l'eau commence à bouillir, je ressens ce même soupçon de tristesse que j'ai lutté pour repousser ces derniers mois. sa tête ressemble à une sorte de monstre hybride hideux-araignée-ours.

Pourquoi maintenant ? Je devrais célébrer en commandant des ramen et en me blottissant sur le canapé en regardant Netflix pour le reste de la journée. Mais maintenant que le livre est terminé, je ne pense qu'à Gage et à la promesse qu'il m'a faite. Cela fait maintenant cinq mois qu'il a franchi cette porte après avoir affirmé qu'il allait tout réparer, prouver que je pouvais lui faire confiance et améliorer tout. Cinq mois, et je n'ai rien vu ni entendu de lui.

Aurait-il pu mentir tout ce temps ?

Mais pourquoi ? Pourquoi mentirait-il à ce sujet et me donnerait-il essentiellement cette incroyable maison ? Est-il possible que quelque chose lui soit arrivé ? Il est fort et rapide, mais ce n'est pas Superman. Les balles lui font du mal. Je devrais le savoir. J'ai nettoyé moi-même une de ses blessures.

Je déteste Gage.

Je déteste la façon dont je l'aime tellement. Je déteste la façon dont je ne lui fais toujours pas confiance, la façon dont j'ai toujours peur de lui parce que je ne comprends pas son monde, où il se trouve actuellement, ni comment, malgré toutes ces choses, je m'inquiète pour lui.

Et je déteste le fait que maintenant je sois terrifiée à l'idée que son enfant puisse grandir sans père.

Je me penche et passe ma main sur mon ventre. Cela ne fait plus aucun doute. Je suis enceinte. Non seulement j'ai manqué mes règles à plusieurs reprises, mais il y a aussi un baby bump que tout le monde remarquerait. Non seulement cela, mais j'ai aussi commencé à avoir ce qu'on appelle des envies de grossesse. Mes papilles gustatives sont devenues complètement détraquées. Je mange des choses qui dégoûteraient la plupart des gens, j'en suis sûr. Les cornichons au beurre de cacahuète et la moutarde aux Oreos sont deux de mes préférés. En fait, je peux mettre de la moutarde sur pratiquement n'importe quoi ces jours-ci et en profiter.

J'aurais aimé avoir quelqu'un avec qui partager tout cela. Mes parents sont partis depuis longtemps, et maintenant Gage est parti aussi. Je sais que j'ai ce qu'il faut pour élever cet enfant par moi-même, mais je ne veux pas de ça. Je veux donner à mon enfant ce que je n'avais pas : une famille forte, complète et aimante où il peut se sentir en sécurité et savoir qu'il a des gens autour de lui sur qui compter.

Mais il y a une chance maintenant que Gage soit parti. Une chance que je ne le reverrai jamais, qu'il ne rencontrera jamais son enfant. Une chance que je n'aurai jamais l'occasion de lui dire que je l'aime.

Et je l'aime, même si je le crains. Même s'il y a des problèmes de confiance.

"Mon Dieu, je suis en désordre..." Je gémis en prenant mon thé dans le salon et en m'affalant sur le canapé. Tout en soufflant sur mon thé pour le refroidir, je sors mon téléphone et fais défiler certains titres de l'actualité. Potins de célébrités, politiques que je dépasse. Mais alors quelque chose attire mon attention.

La corruption révélée au sein du FBI.

Ma fréquence cardiaque monte instantanément en flèche lorsque je clique sur l'article.

Jake Cruz, ancien chef de l'enquête sur le crime organisé au sein du FBI, a été arrêté il y a deux jours après la présentation de preuves l'impliquant en tant que véritable patron de l'organisation criminelle sur laquelle le FBI enquêtait depuis deux ans.

« Oh mon Dieu... »

Cette arrestation intervient après une série de meurtres au sein de cette organisation. On ne sait pas encore si ces meurtres ont été ordonnés par M. Cruz ou s'ils sont dus à une sorte de lutte de pouvoir interne, mais l'enquête a été reprise par une autre branche du FBI. Cela laissera cependant une pression sur le bureau pour les années à venir.

Mon cœur bat absolument la chamade. Je me redresse trop vite et frappe mon verre de thé avec mon genou, le renversant sur le sol.

"C'est... ça ne peut pas être..."

"C'est possible, mon ange."

La voix de Gage derrière moi me fait presque sauter en l'air. Je me retourne pour le voir debout, les yeux brillants et féroces, un léger sourire sur le visage. Il a l'air encore plus sexy que jamais dans un pantalon bleu marine et un polo rouge saumon qui épouse à peine ses larges épaules.

Tant d'émotions me traversent en même temps que je ne sais pas comment les gérer. Je pointe l'écran de mon téléphone vers lui et crie presque : « Toi ! Était-ce toi ?

Il hoche la tête. « Oui, mon ange. Je t'ai dit que je prouverais que tu pouvais me faire confiance, n'est-ce pas ?

«Ces hommes...» je murmure. « Ce n'était pas votre patron. C'était toi?"

« Ils n'allaient pas s'arrêter, Billie. Pas avant que toi et moi soyons morts. Alors j'ai fait ce que je devais faire pour te protéger, mon ange... »

Sans réfléchir, je laisse tomber mon téléphone et me jette dans ses bras. Son odeur me rend instantanément sauvage, et la sensation de ses mains agrippant mes hanches pendant qu'il me tient, c'est comme si je revenais d'un long voyage. Cela fait cinq mois, mais cela fait cinq ans, surtout avec cette révélation massive qui s'abat sur moi.

«Je... j'aurais dû te faire confiance...»

«Non», murmure-t-il, ses lèvres effleurant mon oreille. «Tu avais tous les droits, mon ange. Tout ce qui compte c'est que nous soyons ensemble maintenant. Veux-tu me reprendre maintenant, mon ange ? Pensez-vous que vous pouvez me faire confiance ?

Je me penche en arrière pour le regarder directement dans les yeux. Il est tellement magnifique. Après cinq mois, sa beauté est encore plus frappante. Je pose mes deux mains sur ses joues, me penche et l'embrasse. "Oui", j'acquiesce. "Oui papa. Laisse-moi redevenir ta petite fille.

Gage sourit et me serre plus fort. Il glisse une main sous ma chemise mais s'arrête avant d'atteindre ma poitrine. Ses yeux s'écarquillent et je me mords la lèvre inférieure dans l'attente alors que je regarde la réalisation apparaître sur son visage.

"Ange..." dit-il lentement. "Es-tu...?"

J'acquiesce. "Oui! Je suis enceinte, papa. Tu vas être père.

Les yeux de Gage s'illuminent et sa poitrine se dilate alors qu'il prend une énorme inspiration. La prochaine chose que je sais, c'est que je suis sur le dos, mais pas sur le canapé, sur le lit de la chambre principale. Je n'ai pas dormi ici ces cinq derniers mois. J'ai dormi dans la chambre d'amis. Je suppose qu'une partie de moi quittait cette pièce pour plus tard, au cas où Gage reviendrait et que tout irait mieux, comme la fin d'un de mes livres.

Ses doigts se posent sur la ceinture de mon sweat et je lève mes hanches pour le laisser me les retirer. La chaleur se répand sur tout mon corps. La chaleur de la maison, d'être possédé, d'être revendiqué. La chaleur de me soumettre à un homme en qui j'ai désormais pleinement confiance et dont je sais vraiment qu'il fera tout pour moi.

Je sais que je doutais de lui, mais maintenant, j'ai vraiment du mal à me rappeler pourquoi, ni même à me rappeler de cette émotion.

Ses mains caressent mon ventre et remontent. Il soulève ma chemise et expose mes seins.

« Wow, mon ange. Vous avez grandi.

Je ris. « Déjà une taille de bonnet entier. Est-ce que vous les aimez ?

La réponse de Gage est un sourire simple et lubrique alors qu'il se penche et enroule ses lèvres autour de chacun de mes mamelons. Mon dos se cambre alors qu'il les suce doucement chacun, et je me tords sous lui, rempli de désir ardent et d'amour sauvage qui se prépare en moi comme une tempête.

Je tends la main et le retire de sa chemise, exposant son incroyable musculature. Il y a une sensation chaude et humide entre mes jambes alors qu'il bouge, et je vois le fil tendu de son physique. Mais ensuite je vois les cicatrices – des cicatrices qui n'existaient pas auparavant, et je comprends le sacrifice que cet homme a réellement consenti pour me protéger.

"Gage..." Je passe mon doigt sur un long doigt qui traverse son pectoral gauche, mais il prend ma main et l'embrasse comme un prince.

« Ne t'inquiète pas pour ça, mon ange. Tout est pour toi."

"Et ça", dis-je en étirant mon corps nu devant lui. "C'est tout pour toi, papa."

Ses narines se dilatent et ses yeux brillent alors qu'il me regarde. Sa main se déplace vers son renflement et il tire son pantalon jusqu'au bout, exposant sa bite dure. Mes yeux doivent s'écarquiller quand je le vois, car Gage laisse échapper un petit rire en se penchant sur moi.

"Tu as oublié ce qui t'attendait, n'est-ce pas, mon ange ?" Il prend deux doigts et les glisse entre mes jambes. Je suis encore plus mouillée que je ne le pensais, et quoi qu'il me fasse, une telle sensation me traverse que je n'arrive même pas à trouver les mots pour répondre.

« Ne t'inquiète pas, petite fille. Papa a exactement ce dont tu as besoin. Maintenant, donne-moi cette chatte enceinte.

Il saisit mes cuisses à deux mains et écarte mes jambes. Et puis je le ressens. Le sentiment que je n'ai pas ressenti depuis cinq mois. Le sentiment d'être tendu jusqu'au plus profond de moi. Et Gage n'hésite pas. Il ne me laisse pas une seconde pour m'habituer à ses centimètres épais et gonflés. Il avance ses hanches et me donne tout.

Je crie et jette mes bras autour de son torse en réponse. C'est presque une réaction réflexe. Il commence à pousser, et en quelques secondes, je suis au bord du gouffre. Je peux sentir mon apogée monter en moi comme une vague. Mes hanches tremblent et mes dents claquent comme si j'avais froid.

"Gage... Gage... Gage..."

"Papa", me murmure-t-il à l'oreille. "Appelle-moi papa, ange."

Ses ordres le font. Je dépasse le bord comme mille feux d'artifice qui éclatent en même temps. "Papa!" Mes jambes s'enroulent autour de lui alors que mes hanches deviennent incontrôlables, et Gage m'écrase contre le matelas tandis que ma féminité s'agrippe à lui, ma vision n'étant rien d'autre qu'un grand flou de son visage me regardant.

« C'est ça, mon ange. Bonne fille. Bonne fille."

Il se serre contre moi alors que je descends, attend que j'aie fini, mais ne me laisse pas le temps de récupérer. Ses mains attrapent mes hanches et me tirent sur le côté. Je suis à bout de souffle alors qu'il plie une de mes jambes et me monte, me saisissant fermement les fesses et l'utilisant comme levier alors qu'il commence à me marteler.

Alors que mes sens commencent à revenir, je le regarde et vois qu'il commence à transpirer. Ses abdominaux sont une pure magie à regarder tandis que ses hanches poussent. Je picote partout pendant qu'il me baise. Il n'est pas question que je prenne ça, n'est-ce pas ?

Il me donne une fessée forte, puis m'écarte et baisse les yeux avec un sourire. "Je rêve de cette jolie chatte depuis cinq mois, mon ange. Comme tu as un goût sucré. Comme tu es serré. Comme tu es sexy quand tu viens. Tu veux mon sperme maintenant, mon ange ?

Une explosion de désir se déclenche en moi. Plus d'humidité inonde mon V, provoquant des bruits de gifles humides à chacune des poussées de Gage. Oh mon Dieu, encore ?

"Oui papa. Tellement mauvais.

Je me souviens de la sensation d'être comblé. La chaleur. L'humidité. La force du jet. Partager ce moment avec Gage était si intime, et après tout ce qui s'est passé depuis, j'en meurs à nouveau d'envie.

Il se penche et m'embrasse profondément, sa langue balayant la mienne avec une telle passion. Je lève la main et agrippe les muscles épais de son dos alors que je sens mon deuxième point culminant monter en moi. Je peux déjà dire que ça va être plus intense que le premier. Celui-ci pourrait en fait me tuer.

"Tu sais que je t'aime, Billie", dit-il. "Et j'ai hâte d'être père."

« Je t'aime aussi, Gage. Et je suis vraiment désolé d'avoir douté de toi.

C'est à ce moment-là que je le ressens. Une explosion de graines épaisses jaillissant en moi avec une force énorme. Gage grogne, son corps se tend et il enfonce sa bite profondément en moi, si profondément que j'ai l'impression d'être complètement vidé. Et c'est exactement ce dont j'avais besoin pour m'envoyer aussi par-dessus bord.

Je pensais que mon deuxième orgasme serait plus intense que le premier, et j'avais raison. Je pensais que ça pourrait me tuer, et je n'étais pas loin. Mon corps entre dans quelque chose qui ressemble à un spasme, et il faut que Gage m'écrase presque dans ses bras pour me retenir. Mes hanches bougent énormément, mais je parviens d'une manière ou d'une autre à tourner la tête sur le côté et à mordre l'oreiller tout en surfant sur la vague de gloire que seul Gage peut m'apporter.

Nous descendons, enfermés dans les bras l'un de l'autre, et restons allongés ensemble pendant ce qui semble être un long moment. Je caresse doucement l'arrière de sa tête avec mes doigts jusqu'à ce que quelque chose me vienne à l'esprit.

"Au fait, j'ai quelque chose à te dire."

"Une autre surprise?" » demande Gage.

Je ris, débordant d'endorphines. « J'ai fini mon livre. Celui sur nous.

Gage se redresse sur un bras et me regarde dans les yeux. Maintenant, c'est un endroit où je pourrais rester pour toujours. "Au fait, j'ai quelque chose à te dire."

"Ooh, une surprise ?" Je fais un clin d'œil.

"On pourrait dire ça", dit-il en me chatouillant doucement. « Pendant que je traquais les agents corrompus du FBI et les assassins en fuite pour pouvoir dénoncer le bureau, j'ai également réussi à rencontrer quelqu'un. Quelqu'un que je pense que tu aimerais rencontrer aussi.

"Oh?" Je ris. "Qui c'est? Un maître voleur ? Espion de la CIA ?

Gage rit et secoue la tête. « Non, rien de tout cela. Juste quelqu'un dans le secteur de l'édition.

Épilogue

Gage

Quatre ans plus tard...

Ça y est. C'est le jour. Le jour de la soirée de sortie de ma femme pour son quatrième roman, et je ne pense pas que je pourrais être plus fier d'elle. J'y suis maintenant, je viens de finir avec la baby-sitter à la maison. Billy ne voulait pas aller au lit, mais il a toujours été un peu têtu. Il prend ainsi soin de ses deux parents. J'aime tellement ma femme pour me l'avoir donné et je suis très fier d'elle aussi. C'est pourquoi j'ai hâte d'être là pour elle ce soir.

C'est un moment de célébration tellement incroyable pour elle. Lorsqu'elle a reçu l'e-mail l'informant que son premier livre, Gage My Love for You, avait été accepté pour publication, elle est tombée dans mes bras en pleurant et en riant. Ses rêves étaient devenus réalité. Nous avons fait l'amour, je lui ai préparé le dîner et nous sommes restés dans les bras l'un de l'autre toute la nuit.

Le livre connaît un tel succès que l'éditeur lui demande une suite, qu'elle écrit en un temps record. Et puis il y en a eu une autre, puis une autre, et le succès et la renommée de Billie ont grandi si rapidement qu'elle a pu revenir à certains de ses anciens travaux fantastiques. Elle a sorti Jenny and the Dark World et a attiré un tout nouveau groupe de fans. Elle a figuré sur la liste des meilleures ventes du New York Times et ce soir, elle lance son nouveau livre, Jenny and the Ice Queen, avec une rencontre avec l'auteur et une séance de dédicaces qui font de moi le mari le plus fier de tous les temps.

J'arrive dans le parking et je le vois rempli de voitures. Il y a une file d'adolescentes devant la porte avec leurs mères, toutes au téléphone prenant des selfies, sautillant d'excitation, regardant par la fenêtre, essayant d'apercevoir ma femme.

Alors que je fais le tour du lot, je la vois assise à sa table, flanquée de piles de son tout nouveau livre relié, souriant joyeusement alors qu'elle signe un exemplaire pour une fille très heureuse avec sa mère. Je ne pourrais pas être plus heureux. Tout ce que je veux, c'est me garer, me précipiter et aller m'asseoir à ses côtés. Mais c'est son jour, pas le mien. Alors je me gare sur l'un des emplacements réservés et regarde, rempli de fierté et d'amour, ma femme réaliser le rêve pour lequel elle a travaillé si dur.

Je n'arrive pas à croire jusqu'où nous sommes arrivés. Je la regarde maintenant et je vois mon amant, ma femme, la mère de mon merveilleux fils, mais je vois aussi une renarde fougueuse dont je ne me lasse jamais au lit. Et je ne le ferai jamais non plus. Et j'aime le fait qu'elle puisse avoir l'air si douce et professionnelle en ce moment alors qu'elle sourit et signe pour ses fans, mais qu'elle peut aussi rentrer chez moi et se pencher et prendre ma bite par derrière, ou écarter les jambes pendant que je punis son clitoris. avec ma langue jusqu'à ce qu'elle crie mon nom.

Je suis le seul homme sur terre à savoir ça. Et j'aime ça.

Et aucun autre homme ne la poursuivra non plus. Mon patron a été reconnu coupable et passera le reste de sa vie en prison. Les hommes que j'ai éliminés au cours de mes cinq mois d'absence ont suffi à détruire le reste de l'organisation. Tous les minuscules pissants qui pensaient pouvoir gravir les échelons ont été arrêtés par les forces de l'ordre et jetés en prison également.

Elle est en sécurité et c'est tout ce qui compte.

Je m'assois dehors dans la voiture, grignotant des amandes grillées au miel jusqu'à ce que le dernier des fans de ma femme ait fait dédicacer son livre. Puis, avec une douzaine de roses blanches à la main (la préférée de ma femme), je me dirige vers le magasin.

Le personnel qui aide à nettoyer me voit avant Billie. La jeune employée met sa main sur sa bouche et commence à prendre une vidéo sur son téléphone à mon approche. Mon ange est en train de préparer son sac à main et ne me voit que lorsque je suis suffisamment proche pour pouvoir sentir son parfum.

"Est-ce un mauvais moment pour prendre des photos avec l'auteur ?"

"Oh mon Dieu!" haleta-t-elle, se retournant, surprise. Quand elle voit que c'est moi, elle éclate de rire.

« Félicitations, mon ange. Vous êtes une véritable célébrité.

"Est-ce que c'est pour moi?" Elle halète rhétoriquement, s'avançant délicatement pour prendre le bouquet de mes mains. Je me penche et dépose un baiser approprié sur ses lèvres.

"Il y en a plus d'où ça vient", je murmure. "Mais tu devras attendre que nous rentrions à la maison."

Billie me lèche la lèvre inférieure. "Je ne peux pas attendre."

Je prends son sac à main et l'entoure de mes bras tandis que nous nous dirigeons vers la voiture. Je suis un gentleman ce soir, du moins pour le moment, pendant que nous sommes en public, et j'ouvre la porte et je lui tiens la main lorsqu'elle entre. Mais dès que nous sommes sur le chemin du retour, j'ai mon donne-lui une jolie robe à fleurs, je suis une bonne fille.

«Tu es tellement mauvais», me gronde ma femme. "Comment suis-je censé te parler de la signature de ce soir si tu me fais ça?"

J'atteins plus haut, jusqu'au cœur de ses cuisses douces jusqu'à ce que je sente le tissu doux de sa culotte.

"Oh, je suis sûr que tu peux faire deux choses à la fois, n'est-ce pas, chérie ?"

Sa mâchoire tombe et ses yeux se plissent alors qu'elle me regarde d'un air espiègle. « D'accord, très bien. Eh bien, évidemment, j'étais nerveux. Je n'avais jamais fait quelque chose de pareil auparavant... » J'applique une pression avec deux doigts là où se trouve son petit bouton d'amour. Ses yeux se ferment un instant. Elle avale difficilement. «Mais je viens de me rappeler ce que tu m'as dit. Que ces filles étaient là pour me voir et qu'elles aimaient mes livres, alors pourquoi suis-je nerveux ?

"Et est-ce que ça a marché ?"

J'accroche un doigt et tire le tissu humide sur le côté, puis je taquine doucement sa fente. Un frisson parcourt son corps, et elle saisit le repose-main à côté d'elle et serre fort.

"C'est vrai", gémit-elle. "J'étais... j'étais capable de tenir le coup assez bien..."

"Oh, ouais ?" Je demande en m'enfonçant profondément dans son petit trou lisse.

"Mmm-hmm." Elle se mord la lèvre inférieure maintenant, les yeux fermés. J'appuie sur une autre articulation et je me connecte, en appuyant sur ce petit paquet de nerfs qui la rend absolument folle.

"Et maintenant quoi?" Je demande alors que tout son corps se raidit et que ses hanches se soulèvent du siège.

"Puis je... je... j'ai commencé à signer." Le sang afflue vers ma bite déjà raide de désir. «J'ai signé tous les exemplaires que possédait la librairie.»

Mes couilles sont tendues de sperme. J'ai hâte de la sortir de cette robe et de la baiser. Ou peut-être que je vais juste le remonter sur ses seins et l'attaquer à moitié.

"C'est incroyable. Pensez-vous qu'ils feront une autre dédicace ? Je demande en appliquant plus de pression sur son point G, attirant un long et long gémissement de ses lèvres charnues.

"En fait... ils m'ont demandé si je voulais..."

À ce moment-là, Billie tombe sur mon épaule, serrant mon bras à deux mains, sa respiration venant rapidement et lourdement au rythme du mouvement de mon doigt. Elle est proche. J'avance plus vite. Ses hanches s'écrasent sur ma main. Elle se penche et ferme ses lèvres autour de mon cou.

« C'est ça, mon ange. Viens pour papa.

C'est tout ce qu'il faut. Elle gémit et s'accroche à moi pour la vie alors que son orgasme la prend. Je sens ses seins doux et dodus contre mon bras pendant qu'elle gémit, et ma bite palpite de désir déchaîné. C'est pour cela que je vis. Faire plaisir à ma femme. La rendre heureuse. Et le fait qu'elle me fasse confiance maintenant et qu'elle sache qu'elle est en sécurité à mes côtés fait de moi l'homme le plus heureux du monde.

Elle frémit une dernière fois et amène ses lèvres vers les miennes pour un baiser. "Nous sommes si mauvais."

« Le sommes-nous vraiment ? » Je souris. "Je pense que nous sommes si bons."

Il ne faut pas longtemps avant que nous arrivions à la maison, notre maison que nous partageons ensemble maintenant. Et tandis que je lui tiens la main et que je l'emmène à l'intérieur alors qu'elle tient le bouquet de roses que je lui ai acheté aujourd'hui, je suis submergé par à quel point je l'aime. À quel point cet amour pénètre profondément dans mon âme.

Je paie la gardienne et lui dis au revoir poliment, mais à la seconde où elle sort, je suis à genoux derrière Billie et je lui arrache sa robe par-dessus ses hanches pour exposer ses fesses nues. Elle couine alors que je lui arrache les joues rondes, l'écarte et la lèche du clitoris au trou.

"Jauge! Oh putain, crie-t-elle en tombant sur le canapé. Ensuite, je suis sur elle, j'arrache mon pantalon et je presse mon érection contre elle. Je ne perds pas de temps à lui donner tous mes pouces. J'ai déjà dû attendre assez longtemps. Je ne peux tout simplement plus attendre.

Je gémis en l'écartant, je soulève sa robe pour exposer ses seins et je les saisis à deux mains. Alors qu'elle s'appuie contre l'accoudoir, je regarde l'alliance à son doigt et je souris. Je suis tellement possessif. Cette femme est à moi, à personne d'autre.

"A qui es-tu, ange?" Je demande.

"Toi, papa", gémit-elle, reculant ses hanches alors que je l'enfonçais. "Je suis à vous."

Je vivais en enfer quand je l'ai trouvée, mon ange, et j'ai traversé encore plus d'enfer juste pour lui prouver mon amour. Et ce faisant, elle m'a sauvé. Je renaît. Je suis un nouvel homme. Et tout cela c'est grâce à elle.

Mon ange.

Je me penche pour l'embrasser.

"Je t'aime, mon ange."

Elle sourit pour accepter mon baiser. "Je t'aime aussi."

Don't miss out!

Visit the website below and you can sign up to receive emails whenever McKenzie publishes a new book. There's no charge and no obligation.

https://books2read.com/r/B-A-PBTMB-UQPKD

BOOKS 2 READ

Connecting independent readers to independent writers.

Did you love *Tueur à gages*? Then you should read *Salle 18*[1] by McKenzie!

[2]

JESSA

J'ai pu résister au désir pendant des mois, mais je suis toxicomane et la douleur est ma drogue. J'ai trouvé des moyens d'obtenir une solution tout en restant en sécurité, c'est pourquoi j'ai autant de tatouages. J'ai pu ignorer l'attraction, le besoin, ce pic de peur qu'apporte la douleur. Jusqu'à ce que je ne le sois plus.

Maintenant, ils connaissent mon secret. Maintenant, ils savent ce qui tourbillonne en moi. Et ils ont envie de plus. Je me demande s'ils resteront dans les parages parce que toute une vie de ma douleur et de leur plaisir me semble parfait.

AIDEN

---

1. https://books2read.com/u/mKPp05

2. https://books2read.com/u/mKPp05

Je cache qui et ce que je suis derrière une façade, soigneusement conçue et difficile à percer à cause du sourire sur mon visage et de l'armure autour de mon âme. Avec Jessa et les gars, je peux admettre qui je suis et laisser libre cours à ma noirceur. Je peux voir le doute dans ses yeux, la peur que tout cela disparaisse et ne devienne plus qu'un rêve. Elle ne réalise pas que je ne pourrai jamais y retourner maintenant. Aucun de nous ne le peut.

BROOKS

Oh, les choses que je veux faire à Jessa. Je savais qu'il y avait des ténèbres cachées sous l'encre et maintenant qu'elles me reviennent, je ne peux pas les lâcher. Tout comme je ne peux pas la laisser partir. Elle veut cacher cette partie d'elle-même, mais je vais lui montrer que la seule chose à faire est de l'accepter.

Also by McKenzie

www.ingramcontent.com/pod-product-compliance
Lightning Source LLC
Chambersburg PA
CBHW052230150726

48002CB00003B/1364